わが人生に悔いなし
──時代の証言者として

なかにし礼
Nakanishi Rei

河出書房新社

わが人生に悔いなし——時代の証言者として † 目次

第一章　時代の証言者として

第二章　二十歳のころ

お茶の水界隈

わが人生に悔いなし——時代の証言者として

第一章　時代の証言者として

生きるって素晴らしい

昨年（二〇一八年）八月二十七日、私は五木ひろしさんのコンサートのゲストとして、東京国際フォーラムのステージに立った。翌二十八日発売の五木さんの新曲『VIVA・LA・VIDA！』を作詩した縁で招かれたのである。

「人生を丸ごと肯定する歌を書いてみたいと思ったんです」と私が話すと、五木さんは「先生が命懸けで作ってくれた曲だから、命懸けで歌わなければ」と応じてくれた。そしてラテン調のこの曲を熱唱した。

この曲の表題を日本語に訳すと、「生きるって素晴らしい」「人生万歳」といったところ。二〇一二年春に、食道がんが見つかり、一度は死を覚悟したが、陽子線治療の結果、腫瘍は消えた。医師からそのことを聞き、病院の建物を出た瞬間の気持がまさにこれだったのだ。

小鳥のさえずり、木々のざわめき、すべてが生の喜びを謳歌《おうか》しているように聞こえ、まるで生まれ変わったようなみずみずしい感覚に包まれた。ああこの喜びを歌にしたら、どんな歌になるだろうとふと考えた。

『天使の誘惑』（黛ジュン）、『今日でお別れ』（菅原洋一）、『北酒場』（細川たかし）など数々の名曲を作詩し、小説『長崎ぶらぶら節』で直木賞に輝いた。まさに言葉を自在に紡ぎ、人々に感動を与えてきた。「これまで三度、死の淵《ふち》に立った」という波乱の人生をたどる。

昨春、五木さんに「僕も古希（七十歳）になり、新たなスタートを切りたい。そん

「この年だからこそ、心からの人生賛歌が書ける」と語る。

な門出の歌を書いてほしい」と頼まれた。「酸いも甘いも噛み分けた五木さんなら、あの時の私の感情を表現してくれるだろう」と思い、『VIVA・LA・VIDA!』を心素直に書いた。

思えば、私は三度死の淵に立たされた。七年前に始まるがん闘病、九死に一生を得た五十四歳の時の心臓発作、そして、戦争末期から引き揚げまでの一年二か月に及ぶ満洲（現中国東北部）での命からがらの逃避行。満洲では数え切れないほどの生々しい人の死を目の当たりにした。

1945年8月15日の敗戦によって、日本の傀儡《かいらい》国家・満洲国は崩壊。満洲の日本人は占領軍のソ連兵や現地の中国人の略奪や暴行にさらされた上、飢餓や伝染病の犠牲にもなり、引き揚げに当たって約17万6000人が犠牲になったと言われる。

だから、自分が八十歳になった今も、こうして元気に仕事をしていられるのが、信じられない気にもなる。そして、多くの苦難を乗り越えたからこそ、「生きるって素晴らしい」と思えるのかもしれない。

名士の家庭　音楽に触れる

一九三八年（昭和十三年）九月二日、私は旧満洲牡丹江で中西家の次男として生まれ、禮三と名付けられた。父・政太郎は三十七歳、母・よきは三十四歳。兄の正一とは十四歳、姉の宏子とも七つ離れている、遅れてきた末っ子だった。

両親の故郷は北海道・小樽。父は中西酒店の長男で、母は坂下石店の長女として、恵まれた環境で育ったようだ。母は「小樽小町」と呼ばれた美貌で、さらに女性の地位向上に力を尽くしていた思想家、平塚らいてうに影響を受けた進歩的かつ自由奔放な女性だった。洋装を好み、夜な夜なダンスホールで踊っていたと母は楽しげに話していた。母には恋人がいたが、ひょんなことで父と出会い、そのおおらかでひょうひょうとした人柄にひかれ、二二年（大正十一年）に結婚した。

兄と姉が生まれ、小樽で平穏な生活を送っていた。そんな時、知り合いの軍人の勧めで、昭和九年に満洲に渡り、造り酒屋を始めたのである。

31年9月、日本の関東軍は旧満洲・奉天（現瀋陽）郊外の柳条湖で南満洲鉄道線を爆破し、侵略的行動を開始した。日本政府は不拡大方針を決めながら軍の行動を追認。32年3月には清

朝の廃帝・溥儀を執政とする日本の傀儡国家、満洲国が建国され、関東軍が駐留した。国際連盟は撤退を勧告したが、日本は33年に連盟を脱退し、国際社会で孤立化を深めることになる。

当時の牡丹江は雑草が生い茂り、いつ匪《ひ》賊《ぞく》の襲撃があるか分からない辺境の地で、現地に到着した両親は途方に暮れたようだ。身を守るため、父は枕元に日本刀を置いて眠り、母もこん棒を肌身離さず身に着けていたという話を何度も聞かされた。

しかし、そんな不安な生活はそう長くはつづかなかった。元々、製品を関東軍に納入することで話がついていた上に、良質な日本酒を造ることに成功した父の事業は、

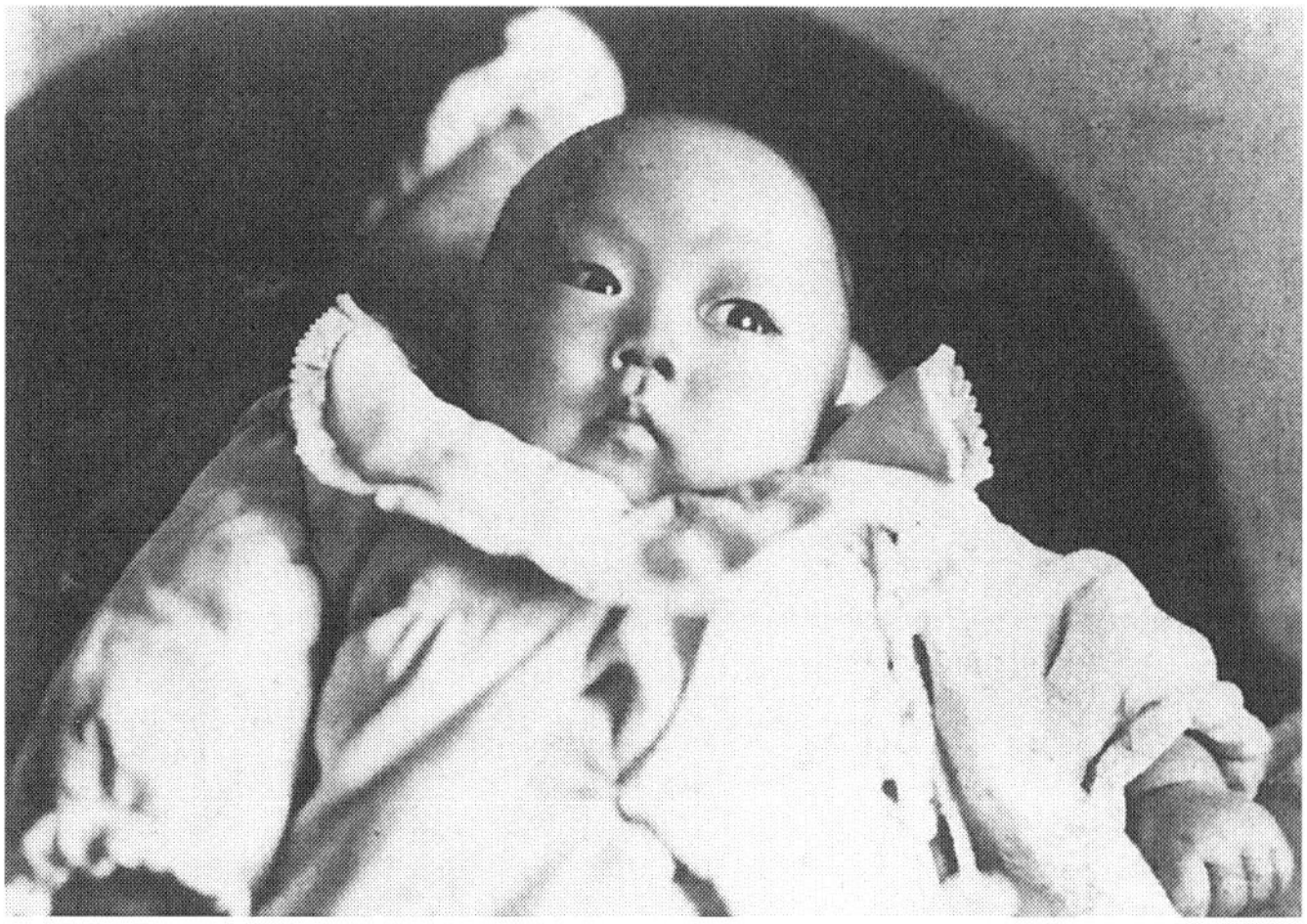

生後100日の記念写真。

瞬く間に拡大し、ガラス工場、印刷所、ホテルや料亭を経営するようになった。同時に、牡丹江は入植する日本人のための新市街が急ピッチで整備され、私が生まれた頃には、近代的な町並みが広がっていた。

満洲の名士となった父はカバンいっぱいに札束を入れて遊びにいき、母も一日として同じ服を着ることなく、ダンスホールに通っていた。歌舞伎好きの両親は、時折観劇のために東京まで遠征し、日舞をたしなむ姉のため、牡丹江の公会堂を借りて発表会を開くといった具合に、中西家は贅沢三昧の生活を送っていた。

一方で、父は謡、母は長唄、兄はアコーディオンをこなし、家庭は音楽や芸能にあふれていた。今思えば、そういった環境が、知らず知らずのうちに私の糧になっていたのかもしれない。

戦況悪化　無縁の幼少期

幼少期は、旧満洲牡丹江で、酒造会社経営者の末っ子として、何不自由なく過ごした。多くの同世代に共通する、野山を駆け回り泥だらけになって遊んだという思い出は皆無であった。家の外に出る時は、私の子守を担当する使用人の王さんという中国人が付き添ってくれていた。現地では日本人にたいする反感が強く、日本人の住む新市街と中国人の住む旧市街の境となる大通りを歩いていると、石が飛んでくることもあった。

周囲は大人ばかりで、小学校に上がっていた姉が連れて来た友人たちと、おはじきをしたのが、数少ない子供同士での遊びの記憶である。父はかっぷくが良くおおらかな人で、叱られたことは一度もなかったが、いつも忙しそうで、近寄りがたい雰囲気だった。母は連日ダンスホール通いで、やはりあまり遊んではくれなかった。

中西家は社交場になっていて、夜になるとよく、軍人や近所の人、うちの従業員が集まり、宴会をやっていた。そこでは必ず「誰《たれ》か故郷を想わざる」など、日本の歌謡曲が歌われ、皆それを聴いてともに歌い酒を飲み、最後には泣くのだった。満洲しか知らない私はそのたびに、「日本はすごくいいところに違いない」と夢想していた。

まだ平和だった頃、自宅でくつろぐ中西一家。
左から母・よき、著者、兄・正一、姉・宏子、父・政太郎。

太平洋戦争が始まったのは一九四一年（昭和十六年）、私が三歳の時だった。でも、満洲では次第に悪化する戦況とは無縁で、中西家でも変わらず優雅な生活がつづいていた。そんな四四年初夏、東京で大学生活を送っていた兄が、突然我が家に戻って来て、「俺もいよいよ出陣することに決めた」と真剣そのものの顔で言った。

戦局悪化に伴う兵力不足を補うため、43年10月、理科系などを除き、20歳以上の学生の徴兵猶予を停止。10月21日、明治神宮外苑競技場で出陣学徒約2万5０００人を集めて壮行会が開かれた。

中西家では、兄のために盛大な壮行会を開いた。学生服姿で「我が身は露と消えても、私は祖国の不滅を信じます」と挨拶する兄を、子供心ながら、かっこいいと思ったものだ。

四五年四月、牡丹江市立円明小学校に入学した。そこで初めて同じ年の友人ができ、家の近くの寺の境内で、缶けりや鬼ごっこをして遊ぶようになった。しかし街中で遊ぶことはしなかった。やはり危険なのだ。日本では主要都市が空襲で焼け野原になる中、牡丹江はまだのんびりしていた。父はこの年の春、日本の親戚に「会社の番頭を探しているので、いい人がいたら紹介してほしい」という手紙を送っていたところを見ると、敗戦の危機感など皆無だったようだ。
牡丹江の町を歩いていると、「七有八無」という手書きの貼り紙が目についた。「これ何」と尋ねると、王さんは「八月には、ここから日本人がいなくなるという意味のようだね」と教えてくれた。が、その意味が私にはピンと来なかった。

避難列車に敵襲　死体の山

その日はついにやって来た。一九四五年（昭和二十年）八月九日、ソ連軍が満洲に進撃。二日後、牡丹江に編隊を組んだ無数の飛行機が襲来し、耳をつんざく大音響とともに、我が家の向かいの陸軍の兵舎から火柱と黒煙が上がった。家の前で遊んでいた私は慌てて家の中に逃げ、母の胸に飛び込んだ。

41年4月、日本とソ連との間に日ソ中立条約が締結されたが、45年8月8日、ソ連は一方的に条約を破棄して日本に宣戦布告。満洲や南樺太（現サハリン南部）に侵攻した。

夜になると、北の空が真っ赤に染まっていた。ソ連の戦車部隊が迫っていたのだ。運悪くこの時、父は新京（現長春）に出張中。しかし、「逃げる」と決断した母は、つてを頼り、軍人やその家族を退避させる軍用列車に乗せてもらう手はずを整えた。

母は芯を抜いた帯に札束を詰め込み、襷掛《たすきが》けにして私の身体に巻き付けた。六歳の子供が大金を持っているとは誰も思わないだろうという計算からだった。避難列車を待つ日本人でごった返す牡丹江駅前を通り抜け、人目を避け離れた場所に止まる列車に母と姉、使用人たちとともに乗り込んだ。「これは遠足みたいなもので、またここに帰って来るんだ」。私はまだ、そう思っていた。

翌朝、列車は突然止まり、誰かが「敵機来襲」と叫んだ。皆、我先に外へ飛び出し、身体の小さな私はとっさに座席の下にもぐり込んだ。ソ連機は列車に向けて機銃掃射を繰り返した。それが終わり、我に返ると、目の前には頭を射抜かれ血を流している軍服姿の男が倒れていた。あと数十センチ銃弾がずれていたら、私が死んでいたのだ。そう思った瞬間気が遠くなった。

おびただしい死体は、生き残った者によって外に放り出された。それにすがって泣きわめく家族……。死体が原野に落ちると、現地人が集まり、服や金歯などをはぎ取る。天国だった満洲はわずか一日で地獄に変わった。しばらく進むと、ソ連機の再度の襲撃で列車は動かなくなり、長い時間待たされた末、代わりに用意された無蓋の貨車に乗り換えた。

おそらく先行した軍用列車も同じ目に遭ったのだろう。線路脇には行けども行けども丸裸の死体が転がっていた。中国人の運転士はたびたび列車を止め、先に進むのに金品を要求した。

目的地のハルビンに到着したのは、十五日昼頃だった。

しかし、私たちはなかなか列車から降ろしてもらえなかった。突如、銃声が激しく鳴り響き、馬にまたがった満洲軍の中国人兵士たちがホームに押し寄せ、何かを叫んだ。それを聞いた日本の軍人が立ち上がり、「皆さん、日本が戦争に負けました」と言った。「私は中国語が少しわかりますが、今から満洲軍中国人部隊が日本人を支配すると言っています」

貨車の中にはすすり泣きの声が広がった。母も姉も泣いていたけれど、私は涙一つこぼさなかった。

2歳頃、母・よきに抱かれて。彼女の機転で牡丹江を脱出した。

父と再会「もう大丈夫だ」

一九四五年（昭和二十年）八月十五日、軍用列車で命からがらたどり着いた満洲ハルビンで終戦を知った。

日本は8月14日、米英中ソが降伏を勧告したポツダム宣言の受諾を決めた。翌15日正午からの昭和天皇の玉音放送によって、国民に終戦が伝えられた。

同乗の軍人たちは、満洲軍の中国人兵士たちによって武装解除された。彼らはあらがう様子もなく、ホームに銃剣やピストル、軍刀を投げ出し、たちまちそれが山のように積み重なっていった。

「これだけ武器があるなら、なぜ、ソ連の軍用機と戦ってくれなかったんだ」

無性に悔しかったのを今でも覚えている。日本の軍人たちは、武装した中国人兵に囲まれ、どこかに連れ去られていった。

我々も手荷物をすべて没収され、ようやく解放された。皆が必死に守ってきた現金や貴金属、思い出の品などは、根こそぎ略奪されたのだ。でも、私の身体にまきつけた現金は無事。母の策略は当たったのだった。その晩から、両親が定宿にしていた市街地のホテルで仮住まいすることになった。ここにいれば、新京（現長春）に出張し、離ればなれになっている父に捜してもらえる。そう思ったからだ。

ある朝、けたたましい銃声で目が覚めた。武装した男たちが部屋に踏み込み、通訳が「我々はソ連兵だ。男を出せ。金品も全部出せ。嘘をついたら殺す」と日本語でまくし立てた。母が荷物はすべて中国人兵に没収されたと説明したが、信じてもらえず、男たちは部屋を物色し始めた。多額の紙幣を巻き付けた私は生きた心地がしなかった。

その間も部屋の外では怒号や悲鳴、銃声……。何も見つからず、一人のソ連兵が、

2歳頃、父・政太郎に抱かれて。

立ち去り際に私のほうに銃口を向け、引き金を引いた。その瞬間、熱いものが耳をかすめ、背後のガラスが砕け散った。

後から知ったことだが、かり集められた男たちは労役に回されたのだ。ソ連兵が去ったホテルは、隠れていたり抵抗したりした日本人の男たちの血まみれの死体が、あちこちに転がっていた。凄惨な光景であった。

その日のうちに、ホテルを出て、避難民収容所に移った。ハルビンは国境地帯や近在の町から逃げてきた日本人であふれていて、学校などが収容所に充《あ》てられていた。私たち家族は花園小学校に振り分けられた。

九月に入った頃、「ここに牡丹江の中西政太郎の家族はいませんか」という大声が、私たちのいた講堂に響き渡った。父だった。父は人づてに私たちがハルビンに避難したと聞き、すぐにハルビンに向かい、収容所を一つ一つ訪ね歩いたのだという。私たちは父に駆け寄り、その胸に飛び込んだ。何と心強かったことか。「もう大丈夫だ」私は父を見上げ、そう確信した。

使役の父　骸骨のように

一九四五年（昭和二十年）九月、ソ連軍の満洲侵攻の混乱で、離ればなれとなっていた父と再会を果たしたのもつかの間、その二、三日後、私たちが収容されていた花園小学校に、ソ連軍から「四十五歳以下の男子は全員使役に連行する」という通達があった。数えで四十六歳の父は、運良く対象から外れていた。しかし、集められた男たちが、動き出そうとしたその時、「おい待て、私も行く」と手を挙げたのだ。

　母も姉も私も半狂乱になって止めた。「一つ、二つ年下の者が引っ張っていかれるのを、黙って見送るわけにはいかない」と頑として聞き入れず、父は行ってしまった。

　数日後、私たちは桃山小学校に移された。収容所には伝染病が蔓延《まんえん》し、食糧不足に伴う栄養失調も加わり、毎日のように人がバタバタ死んでいく。母はこのまま収容所にとどまると命が危ないと考え、さっそく格

小学校に入学した頃、友人宅の前に立つ。
この数か月後に満洲は地獄と化す。

安で借りられる部屋を探し歩いた。母は勘が鋭く、行動力のある人だった。

十月、私たちは市街地の安アパートに移り住むことになった。家具や寝具がそろい、タンスには衣類も入っていた。「どうしてこんないいところ借りられたの」と尋ねる姉に、母は「ついこの間、前途に絶望した日本人一家がここで心中したの。そのせいで家賃も安かった」と説明した。

私が身に着けた所持金も減り、母と姉は、大福や煙草を仕入れ、町に駐留するソ連兵に売る商いを始めた。姉がロシア語を習っていたこともあり、売れ行きは良かった。

零下三十五度を越す冬になると、使役に連行された人が、戻り始めたという話が聞こえてきた。そして十一月のある朝、私たちが商売のため部屋を出たところ、真っ黒に汚れたぼろをまとった骸骨のようにやせた男が、ぬっと現れた。腰に荒縄を巻き、そこに缶を二つぶら下げた姿は物ごいのよう。それが父だった。かっぷく良く堂々としていた父の何という変わりよう。私たちは喜びと悲しみにむせんだのだった。

父をはじめ、かり集められた男たちは、二十日ほどかけて牡丹江まで歩かされたという。風雨にさらされ、食事はアワやヒエを生のまま与えられ、父はたちまち胃腸をやられた。牡丹江では、各地から連行された日本人が森林伐採や土木作業など様々な重労働をさせられ、父は荷役に当たった。かつての我が家の前を通ったが、すでに中国人が住んでいたそうだ。

ある日、民間人は解放すると言われ、順次、無蓋車で送り返され、一方、軍人はシベリアに移送……。そんなことを父がぽつりぽつりと話してくれた。

第二次世界大戦後、旧ソ連が満洲や樺太などから日本兵ら57万5000人（厚生労働省推定）を旧ソ連領やモンゴルの収容所に連行した。飢えや寒さ、重労働で5万5000人が死亡したとされている。

引き揚げ　複雑な気持に

一九四五年（昭和二十年）十一月、ソ連軍の使役からひどく衰弱して戻ってきた父は、回復の兆しを見せ、「商売ではちゃんと帳簿をつけなくては」などと母に教えていた。しかし、ある日、咳とともにしきりに黒い痰を吐くようになり、たちまち起き上がれなくなった。父は肺壊疽《えそ》と診断された。

死期を悟った父は、私たちを枕元に呼び、一人ひとりの手を握り、「ありがとう」を繰り返した。間もなく父は意識を失い、息を引き取った。十二月十七日早朝のことであった。

葬儀はハルビンにいた父の友人知人が集まり、無事終えることができた。しかし、火葬場では法外な値段をふっかけられ、私たちの懇願もむなしく、まけてもらえなかった。遺体を前に母は泣き崩れ、火葬をあきらめ、共同墓地に埋葬することに決めた。母は後々までこのことを悔やんだけれど、残された三人が生きるためやむを得ない決断だったのだ。

年が明けると、日本人たちの間で私塾式の小学校が開設され、私も通うようになった。しかし三日ほどでやめてしまった。往復の道が危険だからだ。また家の近所のロシア人や朝鮮人の子供たちと遊ぶようになり、久々に子供らしい日を過ごすことができた。ただ生活は苦しく、姉は近所の中華料理店で働くことに。日本に帰れるあてもなく、希望の持てない日々がつづいていた。

ハルビンからソ連軍が撤退し、中国共産党の軍隊が入ってきた。すると、日本人にたいする公開の人民裁判や処刑が行われるようになった。市街地外れの広場で、罪に問われた日本人たちが大きな穴の前に立たされ、頭を銃で射抜かれ、そのまま穴の中に崩れ落ちる。そんなむごい光景を何度も目にすることになった。

夏の夕刻、家路を急ぐ私に、母が満面の笑みをたたえて歩み寄ってきた。

「禮三、日本に帰れるよ」

母も姉も大喜びだったが、満洲生まれで日本を知らない私は、何とも寂しく複雑な気持になったものだ。

終戦時、海外にいた約660万人の引き揚げ業務は46年に本格化し、同年だけで約400万人が帰国した。

九月にハルビンから列車で引揚船の出港地・葫蘆《ころ》島（現遼寧省）に向かった。中国人運転士がたびたび列車を止め、金品を要求したり、国共内戦の戦闘に遭遇して立ち往生したり。到着まで約二週間かかった。

そこで船の順番待ちのため、巨大なテントに十日ほど滞在した。そして乗船の日。くっきり晴れ上がった青い空の下、砂浜から小舟に乗り、沖合の米国の軍用船を見た時、「いつ死ぬか分からない日々はこれで終わるんだ」と、嬉しくて歌い出したいような気持になった。

２歳頃、兄・正一とともに。

青森転入　標準語が標的に

一九四六年（昭和二十一年）十月、ついに引揚船で日本へと向かうことになった。船員さんから、「日本で流行《はや》っている曲だよ」と聴かされたのが、『リンゴの唄』。その明るい響きに、「生きるか死ぬかの瀬戸際にいた私たちのことなど、日本は忘れてしまったのか」と悲しい気持になったものだ。

並木路子が歌う『リンゴの唄』は、45年10月に封切られた映画『そよかぜ』の主題歌として世に出た。戦後復興の象徴として大ヒットし、長く歌い継がれることになった。

約二週間の船上生活の後、広島・大竹港に上陸し、列車を乗り継いで、祖母が住む父の実家のある北海道・小樽へと向かった。片側には山の斜面が迫り、反対側は大海原という車窓の風景は、広大な平原が広がる満洲とは別世界のように思えた。

父の実家に身を寄せて間もなく、出征して生死不明だった兄から手紙が来た。母は大喜びで、兄を小樽に呼んだ。二十二歳になっていた兄は二歳下の妻を伴ってやって来た。兄は小月飛行場（山口）で、陸軍の航空隊の少尉として終戦を迎えたのだった。

仕事もせず、ぶらぶらしていた兄が、ある日突然、増毛《ましけ》のニシンの網元から三日分の漁の権利を三十万円で買い取ると言い出した。群れに当たらなければ収入はゼロだが、一日でも当たれば出資金は十倍になるという博打のような話だ。無論、祖母も母も必死になって止めた。

しかし、兄は祖母の家を勝手に抵当に入れ、借金をして網を買った。もはや後戻りはできず、祈るような気持で、私たちは兄のいる増毛に出向いた。空振りが二日つづき、三日目。ついにニシンが網に入った。大漁に兄は鼻高々。今度は「輸送船を借り、ニシンを秋田の能代まで運んで売れば、増毛の三倍の値がつく」という話に飛びついたのだ。ニシンの一部を換金して借りた輸

3歳頃、姉・宏子とともに。

送船で兄は能代に向かったのだが、途中で大時化《しけ》に遭い、ニシンは身が傷み、肥料用にしか買い取ってもらえなかった。

結局、家を失い、祖母は娘の嫁ぎ先に身を寄せ、私たちは兄夫婦と別れ、母の弟の住む青森で暮らすことになった。叔父の助力で母は古着屋を営むことになり、ようやく落ち着くことになった。

小学校三年生に転入した青森では、それまで満足に学校に通えなかったのに、勉強はできるほうだった。また標準語を話す私は、必ず教科書の朗読に指名され、先生から「中西君の発音を見習うように」と言われる。そうすると、次第にいじめられるようになった。

小学校の時はまだかわいいものだったが、中学生になると、神社などに呼び出され、五、六人に囲まれ袋だたきにされた。丸太で頭を殴られ、血を流して帰ったこともあった。今も彼らの名前を思い出すとおぞ気で身体が震える。

名曲喫茶と柔道の青春

青森市では小学校三年生の一九四七年（昭和二十二年）から六年余り過ごした。学校ではずっといじめを受け、つらかったのは事実だが、親しい友人も一人二人でき、楽しい思い出もまあないこともない。逃避行の日々の苦しみから逃れ、遅ればせながら、私にとって、戦争の終わりを実感できた時期であった。

　冬になるとスケートやスキー。夏のねぶた祭の華麗な様子に心奪われ、町内の子供衆に交じってねぶたをひいたこともあった。秋は紅葉の奥入瀬に遊びにいったり、八甲田山にアケビを採りにいったり。もし私に日本の故郷があるとしたら、それは青森かもしれない。

　満洲での戦争・避難民体験、青森でのいじめ体験などが重なり、目立ち過ぎず、バカにもされないよう、クラスの二、三番あたりに居場所を求める、妙に大人びた少年になっていた。小学校六年生の時、「大好きなマンガはもう卒業」と心に決め、家にあったマンガ本をすべて、路上に並べて売ってしまった。そのお金で『坊ちゃん』や

青森時代は楽しい思い出も。小学校の友人たちと十和田湖へ。２列目右端が著者。

『三四郎』など夏目漱石の作品を買い集め、〝文学デビュー〟をした。この頃から、将来は小説家になることしか考えていなかった。

姉が街頭宣伝会社のアナウンサーとして働き始め、平穏な生活を送っていた私たち一家に、またも不幸が襲う。五一年冬、母が脳溢血で倒れたのだ。一命は取りとめたが、右半身不随で言葉も不自由になってしまった。ほぼ寝たきりで、食事をさせるのは、私の役割だったが、上手く食べられず口の周りを汚すと、それが悔しくて涙を流す。誇り高い母を知るだけに、胸が締め付けられる思いだった。

五三年十二月、私たち三人は、東京の兄夫婦のもとに身を寄せることになった。転校すると、すぐに受験だったが、首尾よく都立九段高校に合格した。

51年、日本と連合国との間で結ばれたサンフランシスコ講和条約によって、日本は主権を回復した。経済力も戦前の水準に戻り、56年の経済白書では、「もはや戦後ではない」と表現された。

家計が苦しく、奨学金を得ての高校生活。柔道部に入って、連日のように猛稽古。練習が終わると、一年上の先輩二人が一緒にどこかに向かうのを見て、好奇心から「連れていってください」と頼み、行った先が、神保町の名曲喫茶だった。鼻をくすぐるコーヒーの香り、静寂の中、大音響で鳴るベートーヴェン。東京にはこんなところがあるんだと、驚き感動した。もともとクラシック好きだった私は二人に感化され、猛烈にのめり込むようになった。

昼食代を節約して、連日のように名曲喫茶通い。ラジオの深夜のクラシック番組を聴き、頭の中ではいつも、音楽が鳴り響いていた。ボードレールなどフランス文学にかぶれたのもこの頃。そして汗まみれの柔道部の思い出。まさに青春の真っ只中にいた。

大学進学の道　開けた

九段高校では充実した三年間を送ったが、生活は苦しかった。兄の仕事は上手くいかず、いつも借金に追われていた。近所の製麺所で、うどん玉の製造過程で出る切れっ端をただみたいな値段で売っていたが、よくそのお世話になった。私も、大学進学をあきらめ、働かなければと考えていた。

一九五七年（昭和三十二年）、高校生活も残りわずかな時、布団から這い出した母が食卓の私たちに何かを差し出した。自分で外したのだろう、金歯だった。「これを売れということ？」と私が尋ねると、そうだとうなずく。涙ぐましいほどの献身だ。

すると兄嫁が「あら、お母さん狂っちゃった」と笑い出した。その瞬間、頭に血が上った私は兄嫁を拳で殴っていた。その後帰宅した兄は激怒し、兄弟の縁を切るから出ていけと言う。姉は取りなそうとしたが、私は荷物をまとめ、兄の家を出た。

年上の知人の家に転がり込み、しばらく世話になり、結局高校の卒業式には出なかった。とにかく生きなくてはならない。柔道部の先輩の実家が営む炭屋に住み込みで働くことになった。仕事は豆炭作りと配達だが、これが大変な重労働。鼻をかむと真っ黒な鼻水が出る。

そんな時、私をクラシック喫茶に連れていってくれた柔道部の先輩から、「面白いものを聴かせてやろう」と言われ、聴かされたのがシャンソンだった。強い衝撃を受けた。なんて知的で洒落ているんだ。クラシックだけが音楽ではないと。

すっかりシャンソンに魅せられ、ある日、御茶ノ水の「ジロー」というシャンソン喫茶に入ろうとしたところ、ドアを開けたのはその先輩だった。ワイシャツに蝶ネクタイ姿で、ここでボーイのバイトをしているという。「僕も仲間に入れてくれませんか」と頼み込み、店に紹介してもらい、その日からそこで働くことになった。

一方、この年の秋、喧嘩別れしていた兄から連絡があり、なぜか、神宮球場で東京六大学野球の立教対慶応戦を観戦することになった。兄の母校・立教の長嶋茂雄がリーグ新記録となる通算8号の本塁打を打った試合であった。

長嶋茂雄は58年に巨人に入団。いきなり本塁打王と打点王の二冠に輝いた。その後も王貞治とともに巨人を黄金時代に導き、高度成長期を象徴する日本の国民的スターとなった。

そこで、兄は私を許し、大学の学費を出すと言う。ただ、兄が経営を始める代々木の食堂を住み込みで手伝うという条件があった。「ゆくゆくはその店をお前に譲ろうと思っている。だから頑張ってくれ」。あきらめかけていた進学の道が開けた。翌五八年、立教大文学部英米文学科に合格。自分と同じ大学への進学を兄も喜んでくれた。

生活は苦しかったが、充実していた九段高校時代。

シャンソン訳詩　転機に

一九五八年（昭和三十三年）四月、立教大学文学部に入学した。その前から、兄が開店した代々木の食堂での住み込みの仕事は始まっていた。

明治通り沿いの三十〜四十席程度の店で、コックと助手、そして私の三人で切り盛りした。周辺で宣伝チラシをまいたかいがあり、昼時にはけっこう出前の注文があり、順調な滑り出しだった。お蔭で、大学にはなかなか通えなかった。

ところが、夏休みに入った頃、「支払いが滞っている」と、仕入れが止まってしまった。兄に文句を言うと、当座の資金を渡されると同時に、材料費を下げるよう指示された。そこからは急坂を転げ落ちるように客足は落ち、コックはやめ、家賃も滞納し、兄も姿を見せない。ある朝、債権者を名乗る二人の男にたたき起こされ、店を追い出されてしまった。

結局、大学には後期の授業料を納められず、そのまま退学。行き場を失った私は、五反田に一か月五百円の安アパートを借り、かつてアルバイトをしていたシャンソン喫茶「ジロー」のボーイに戻ることにした。失意の時ではあったが、大好きなシャンソンに囲まれての仕事は毎日楽しかった。

シャンソンはフランスの大衆歌謡の総称。エディット・ピアフ、ジュリエット・グレコ、ジルベール・ベコー、シャルル・アズナヴールらが活躍した40年代後半から50年代に全盛を誇り、日本でも石井好子、越路吹雪、芦野宏らがブームを巻き起こした。

「ジロー」では、日曜夜にライヴが開かれ、深緑夏代さんや金子由香利さんら日本の一線級が出演していた。ボーイたちも、画家志望や小説家志望が多く、店が終わるとレコードをかけながら、カミュだ、やれサルトルだなどと文学論を闘わせた。そんな時、ふとしたことからシャンソンの訳詩を手がけることになった。

その一年ほど前から、敬愛するボードレ

「ジロー」でボーイをしていた頃。

ールを原語で読みたいと思い、語学学校のアテネ・フランセでフランス語を勉強していた。少しフランス語が分かるようになると、シャンソンの魅力が増す。同時に、日本人歌手が歌う日本語のシャンソンに違和感を覚え、「俺に訳詩をやらせたら、もっと上手いのにな」とうそぶくようにもなった。

ある日、憧れていたシャンソン歌手の石井祥子さんが「ジロー」に来ていたので、軽い気持でラヴレターを書いて渡した。しばらくして、「恋愛の期待には沿えないけれど、文才があるようなので訳詩をやらないか。聞けばフランス語ができるみたいだし」という内容の返事が来た。そして、シャンソンの名曲『セ・ラムール』とカンツォーネの『パタティーナ』の譜面を渡された。普段のうぬぼれはどこへやら。いざやるとなると「本当にできるかな」と弱気になるばかりだった。

訳詩　一流歌手からも依頼

一九五八年（昭和三十三年）、立教大学を中退した私は、「ジロー」のボーイに戻り、そこで、シャンソン歌手の石井祥子さんに訳詩を頼まれた。生まれて初めて歌を書くという作業をやった。辞書を引きながら、言葉を選び、旋律にはめていく。まずまずの出来。書き上げて、「なかにし礼」とサインを入れ、これが今に至るペンネームとなった。

頼まれた二曲のうち、『パタティーナ』というカンツォーネは『小粒のじゃがいも』というタイトルをつけた。もう一曲は『セ・ラムール』というシャンソンで、これが私の初めての訳詩シャンソンとなった。石井祥子さんは大変気に入ってくれて、一曲五百円、合計千円の訳詩料をもらった。当時、ジローの時給が三十円ほど、住んでいる安アパートが月五百円だったので、これはありがたかった。

私が訳詩をすることは、「ジロー」に出入りする若いシャンソン歌手たちに伝わり、次々と注文がくるようになった。

五九年、再び立教大学文学部英米文学科を受験、合格した。訳詩の収入があり、「ジロー」から給料を前借りするなど、入

立教大学英米文学科時代の級友・大瀧（左）、安中（右）両君と。
３回目の入学で、ようやく充実した大学生活を送る。

学金は工面したのだが、何とかなると思っていた授業料が払えず、またもや早々に中退に追い込まれた。

皮肉なことに、訳詩稼業はその後ますます繁盛し、最初は一曲五百円だったのが、七百円に〝昇給〟した。ジローが終わると、ゴキブリが這い回るアパートの裸電球の下、辞書片手に、言葉を音符に乗せていく作業に没頭。それは、パズルや詰将棋を解くようなスリルと楽しさがあり飽きることも疲れることもなかった。

そして六〇年、石井さんから紹介された作曲家の北村得夫さんと組んで、名古屋のCBCラジオで一か月間放送される「九月の歌」のコンテストに『めぐり来る秋の日に』という曲で応募、見事当選した。歌うのはシャンソン界のスター、深緑夏代さん。お会いした時、「あなたみたいな若い人に訳してもらいたい歌が沢山あるの」と言われ、彼女のために訳詩を手がけるようになった。

これが評判となり、芦野宏さん、石井好子さんといったトップクラスからも注文が。一曲の値段は千円に上がり、七万円稼いだ月もあった。

60年4月の国家公務員上級職の初任給は1万8000円。なかにしはその六倍以上を稼いでいた計算になる。

そして、六一年春。立教大学文学部英米文学科を受験、合格した。高校卒業から四年。三度目の正直となるが、今回はシャンソン訳詩で稼ぎ、蓄えもあったので、学費の心配はしなくて済みそうだった。

すでに五反田のアパートは脱出し、九段にある芸者置屋の二階に下宿した。同じ時期に、まだ駆け出し俳優だった緒形拳さんも、ここに下宿していた。芸者さんたちが稽古する三味線を聴かせてもらったり、夕方は「坊や首のうしろにおしろい塗って」なんて頼まれたり。なんだか毎日を浮き浮きと過ごしていた。

「流行り歌書きな」と裕次郎

訳詩家との掛け持ちはしんどかったとはいえ、三度目の正直となる大学生活は学資の心配をすることもなく、順調だった。

仲のいい同級生と夜を徹して、文学について語り明かす。訳詩をやっていると知ると、「そんな筆を汚す真似はやめろ」と熱っぽく諭すくせに、金がなくなると、「中西、訳詩をやってくれ、腹が減ってかなわん」と泣きついてくる。微笑ましい青春の一こまだ。

一九六三年(昭和三十八年)、私が三年生になるタイミングで、立教に仏文科が創設されることになった。東大から移ってきた渡辺一夫先生をはじめ、教授陣も一流。ボードレールやコクトーに傾倒し、シャンソンを愛していた身としては、「すんなり進学していたら、この僥倖《ぎょうこう》はなかった」と小躍りし、フランス語の校内試験を受けて合格し、転科した。

好きなことを学べるという喜びに加え、仏文科は家族的な雰囲気で、講義の空き時間には教授の研究室にたむろして、しょっちゅう将棋を指していた。訳詩で悩むと、講義後の先生を呼び止め、助言をいただくこともあった。とにもかくにも、三度目の大学生活は楽しいものだった。

丁度その頃、シャンソン歌手の深緑夏代さんに弟子入りしていた二つ年下の女性と恋に落ち、六三年秋、結婚した。

新婚旅行で、下田東急ホテルに泊まったのだが、玄関には「石原裕次郎様御一行」の看板。映画『太平洋ひとりぼっち』のロケに来ていたのだ。

56年に兄・慎太郎原作の映画『太陽の季節』でデビューした裕次郎は、第二作の『狂った果実』で早くも主役を演じた。その後もテレビドラマ「太陽にほえろ!」など人気作に主演、歌手としても『夜霧よ今夜も有難う』などをヒットさせ、戦後を代表する国民的スターとなった。

ロビーで妻と話していると、奥のバーで裕次郎さんが連れの男性と酒を飲んでいるのが見えた。そして、私たちを手招きした。何事かと、恐る恐る行くと、「ここに座って一杯やれや」。聞けば、暇つぶしに新婚カップルの品定めをして、私たちが一番絵になっていたと言う。

「ところで君は何をやっているんだい」

「シャンソンの訳詩です」

「訳詩なんぞやめとけ。俺が歌っているような、流行り歌を書きなよ」

そして、別れ際にこう言った。「自信作ができたら持ってきな。売り込んでやるから」

シャンソンの訳詩は文学的行為の入口と思ってやっていたから、「流行歌を書く」

石原裕次郎に出逢った頃。

なんてことは考えたことがなかった。しかし、裕次郎さんの言葉は私の耳の中でいつまでもこだましていた。

一方、シャンソンのほうでは、劇団員の友人が中心となって、六四年六月に私の訳詩作品を特集したリサイタルを開いてくれた。深緑さん、芦野宏さんら人気歌手が出演し、新宿の東京厚生年金会館は満員。訳詩家としての集大成と言えるイヴェントだった。

譲らなかった「過去」

「流行り歌を書きなよ」

新婚旅行の時に石原裕次郎さんからかけられた言葉が余韻としてずっと頭の中に残っていた。意を決して書き始めてみた。しかし出てくるのは陳腐な言葉ばかり。これはまずいと、日本歌謡曲全集を買い全巻の詩を読みあさった。「上手いなあ」と思う部分が沢山ある反面、七五調で書かれた歌があまりに多いのに、違和感を覚えた。七五調に収めることで、描かれる事象が整えられ、生々しさを失っている。そんな気がした。

シャンソンの訳詩は七五調では書かなかったし、流行歌だって同じはず。脱七五調は作詩家としての私の原則になった。

苦心惨憺《さんたん》して何とか、『涙と雨にぬれて』を書き上げ、さらにギターを弾きながら作曲までした。それを自ら歌ってテープに録音し、さんざん思い悩んだ後、一九六四年（昭和三十九年）夏、意を決して石原プロモーションに持っていった。

64年10月にアジア初となる東京五輪が開催。五輪に合わせ東海道新幹線が開通した。時代は高度成長期。カラーテレビ、クーラー、自家用車（カー）が「３Ｃ」と呼ばれあこがれの対象となるなど、国民生活は急速に豊かになっていった。

裕次郎さんは不在だったが、下田で居合わせた専務さんが丁寧に応対してくれた。テープを聴き、「お預かりしましょう。焦らず待っていてください」と言われた時に

石原裕次郎の勧めで作詩を始めた1964年頃。

は、「こりゃあダメだな」と落胆した。

それから間もなく、ポリドールの松村（当時藤原）慶子ディレクターから、「菅原洋一という、上手いけれど売れない歌手がいるの。次の曲を書いてほしい」という依頼の電話があった。かつて私が手がけた訳詩を評価してくれたと言う。レコード会社から直接頼まれるのは初めてだったから、あの時は興奮したなあ。

この時の注文は二曲。シャンソンの『恋心』とカントリーの『アイ・リアリー・ドント・ウォント・トゥ・ノウ』。ギターを弾きながら『アイ・リアリー――』を繰り返し歌っていると、冒頭で、〽あなたの過去など　知りたくないの――という文句がポッと出てきた。「過去？これまでの歌謡曲では聞き慣れない言葉だな」と、我ながら新鮮に感じた。「知りたくないの」という自分でつけたタイトルも気に入り、確かな手応えを感じた。

録音に立ち会うと、菅原さんが「カコナドというところが歌いづらい。変えてほしい」と言った。実際歌がぎこちない。しかし、ここはこの詩の核。そう簡単に変えるわけにはいかない。

「あなた歌手でしょ。上手に歌ってよ」

実績もない若造なのに、私は一歩も譲らなかった。菅原さんもムッとしながら、最後には見事に歌いこなしてくれた。

六五年十月、『恋心』をA面、『知りたくないの』をB面にしたシングル盤が発売。同年四月、立教大学を卒業したのだが、その前後で、私を取り巻く状況が何やら動き始めたようだ。

『知りたくないの』初ヒット

訳詩とはいえ、自信作の『知りたくないの』を収めたシングル盤は、発売後、ヒットの兆しを見せなかった。「これが当たらなければ、契約打ち切り」という背水の陣で歌ってくれた菅原洋一さんには、何とも申し訳ない。私はうちひしがれた気持だった。

「悔しいね」と、担当ディレクターの松村慶子さんと酒を飲んでいた時のことだった。「礼ちゃん何かいい曲ないの」と訊かれ、「一曲作詩作曲したのがあるけど」。

店にあったギターを弾きながら、〽涙と雨にぬれて　泣いて別れた二人――と、一年ほど前に石原プロモーションに持ち込んだ曲を歌った。「いいじゃない。私に考えがある」と言った松村さんは、この作品のプロデュースに取りかかった。

約一週間後、石原プロから、「お預かりした作品、レコード化が決まりました」という電話がかかってきた。石原プロの新人、裕圭子さんとロス・インディオスの共演曲として、一九六六年（昭和四十一年）二月、『涙と雨にぬれて』は発売された。自分が一から作った曲が世に出るのは、訳詩とは何倍も違う喜びがあった。男性が主人公の詩を、女性と男性コーラスで歌うというのは、松村さんの見事なアイディアだった。

この曲は出足から好調だった。それに目をつけたビクターが、「うちの田代美代子とマヒナスターズで出したい」と申し入れてきた。これがオリジナルを上回る売り上げとなった。同じ曲が同時期に複数のレコード会社から出るなどということは、フリーの作詩家の特権と言えるだろう。

日本のレコード会社は、戦前から歌手だけではなく、作曲家や作詩家とも専属契約を結んでいた。コロムビアの古賀政男、ビクターの吉田正らが有名。しかし、60年代からフリーの作曲・作詩家が台頭し、彼らがヒット曲を生み出すようになったことで、専属制は急激に崩壊していく。

初のヒット曲となった『知りたくないの』。
最初は、シングル盤のB面だった。

さらに、嬉しいことがつづく。『知りたくないの』が徐々に評判になってきたのだ。そこで最初はB面だったこの曲をA面にしたところ、売れ行きは加速していった。これが私にとって、初めてのヒット曲となった。いずれにせよ、六六年は、私が成功の扉を開けた年と言えるだろう。

しかし、私生活は順調ではなかった。妻との関係が悪化し、長女が誕生したのに、別居することになってしまった。妻は私に詩人や小説家になってほしいと期待し、私が歌を書いていることが不満だった。価値観の違いが、諍《いさか》いを生み、それが重なり、気持が離れていった結果だった。お互い若かったのだ。修復することができず、六八年、離婚が成立した。

心臓に爆弾　九死に一生

話は前後するが、一九六五年（昭和四十年）秋のこと。眠っていると、肋骨《ろっこつ》のあたりに、針で刺すような痛みが走り、猛烈な息苦しさを感じた。思い切り、息を吸い込んでも、治らない。自分に何が起こったのか分からず、恐怖に襲われ、救急車を呼んだ。病院に運ばれ、診てくれた医師は、「心臓発作です。すぐ入院しましょう」と言う。

この時、二十七歳。確かに身体が丈夫とは言いがたかったのだが、心臓に問題を抱えているなんて、思いもしなかった。診断は心筋梗塞《こうそく》。約一か月半の入院を強いられた。ここから、私はこの病気に悩まされることになった。発作が起きたときになめるニトログリセリンを手放せなくなった。
その後、発作は何度もあった。作詩家として多忙を極めていた時、三日連続で救急車を呼んだこともあった。何度も病院に通ったのだが、好転することはなく、心臓に爆弾を抱えながら、だましだましの生活がつづいた。そして、時代が昭和から平成に変わり、ついに私の心臓は断末魔の悲鳴を上げる時が来た。

89年1月、昭和天皇が崩御、64年にわたった激動の昭和が終わり、新たな元号は平成となった。

九二年晩秋のとても寒い晩だった。北鎌倉（神奈川）の自宅で眠っていた時、心臓の鼓動が突然速くなった。「まずい」と思った途端、激しい胸の痛みと吐き気が襲ってきた。妻の由利子（一九七一年に再婚していた）に、救急車を呼ぶように頼んだ。その時、家にいたお手伝いさんが、「心臓だったら、湘南鎌倉総合病院に名医がいます」と言って、即座に電話して、私を受け入れることを承諾してもらった。この機転が私の命を救ってくれたのだ。
病院に到着しストレッチャーに乗せられたところまでは、かろうじて覚えている。そこで、後頭部をハンマーで殴られたような頭痛が襲い、意識を失った。後から聞くと、私は十二時間ほどこんこんと眠り、その間に懸命の治療が行われたそうだ。目を覚ました時、治療に当たった心臓病の権威、斎藤滋医師が「九死に一生を得ましたね」と言って微笑んでくれた。

その後、斎藤先生の紹介によって、いくつかの病院で治療法が模索された。この心臓のために、後年がんを患った時、手術ができないという事態にも陥った。ところが、二〇一六年、除細動器を埋め込む手術を受けると、心臓の不調は劇的に改善した。医学はまさに日進月歩だ。

少年時代の戦争でギリギリの瀬戸際で死を免れた私は、心臓病によって、再度死の

1992年1月に作曲家の三木稔さん（左）とともに作った創作オペラ『ワカヒメ』を初演。この年の晩秋に心臓発作で倒れる。

淵に立たされることになった。それをこの年で克服できたことに、言いしれぬ幸運を実感している。

多彩な歌手とヒット連発

一九六六年（昭和四十一年）に作詩家としての足がかりをつかんだ私は、六七年にはヒットを連発するようになった。

この年、すでに人気絶頂だった、双子の女性デュオ、ザ・ピーナッツの曲を依頼された。最初、すぎやまこういちさんが曲を持ってきて、ピアノで弾いて聞かせてくれたのだが、タンゴ調で、どこかインパクトに欠ける印象であった。アレンジを担当した宮川泰さんが、「こうすれば」と言って、テンポを上げ、派手なリズムで弾く。「お、いいね」ということになった。「あとは礼ちゃんにまかせるよ」と私が詩をつけるわけだが、逃げる主調と追いかける応唱というフーガの技法を織り込みつつ、恋愛の一断面を描くことを思いついた。〽追いかけて　追いかけて――と始まる『恋のフーガ』。発売と同時に売り上げは伸び、彼女たちの代表曲になった。

すぎやまさん、宮川さん、私ともフリー。ピーナッツの所属する老舗のキングレコードは専属作家を抱えていて、その手前、フリーを使うのは好ましくなかったので、演歌や歌謡曲を扱う邦楽部署ではなく、洋楽部署が制作するという形を取っていた。ほかにも作詩の安井かずみさん、橋本淳さん、作曲の平尾昌晃さん、筒美京平さんをはじめ、因習にとらわれないフリーの作家たちが、日本の音楽界を引っ張る時代がいよいよ始まり出していた。

フランク永井さんの『生命ある限り』のようなムード歌謡から、ザ・ゴールデン・カップスの『愛する君に』など当時ブームを呼んでいたグループサウンズまで、仕事が殺到した。

60年代半ば、電気楽器を導入した和製ロックの先駆け的なバンドが続々登場し、グループサウンズと呼ばれた。66年のビート

売れっ子となった1967年頃。自宅にはヒット賞のトロフィーが並ぶ。

ルズの来日も追い風となり、一大ブームを巻き起こした。代表的なバンドとして、ザ・タイガース、ザ・スパイダース、オックスなどが挙げられる。

また、『帰らざる海辺』など、石原裕次郎さんの曲の詩も手がけた。六三年に下田で初めてお会いした時に、私に作詩することを勧め、「俺が歌うような詩を書くようになったら、一流だな」と言ってくれただけに、感慨深かったことを覚えている。

年末の日本レコード大賞では、『恋のフーガ』などの作品によって、作詩賞をいただくことができた。裕次郎さんも『夜霧よ今夜も有難う』で特別賞を受けていた。こんな晴れがましい場に、裕次郎さんとともに受賞者として立てるなんて。なんという幸運なめぐり合わせだろう。裕次郎さんは私の手をがっちりと握り、「おめでとう」と祝福してくれた。いやあ本当、泣けましたね。

受賞後に記者会見があった。「来年の抱負は?」と訊かれた私は即座に、「当然大賞です」と言い切った。その頃から鼻っ柱は強かった。

レコード大賞で恩返し

一九六七年(昭和四十二年)、大任がやってきた。

石原プロモーションから、所属する新人、黛ジュンさんの歌を依頼されたのだ。作詩家になるきっかけを与えてくれた石原裕次郎さんの恩に報いるためにも、失敗は許されない。しかも、裕次郎さんから、こんな言葉を掛けられたのだ。

「売れなければ、売れるまで。売れたら売れなくなるまで書いてくれ」

まさに全権委任だ。さあどうしようか。短い髪にミニスカートが似合う黛さんは、時代の先端をいく女性。ならば、時代の気分を伝えるような歌を、と思った。愛されることではなく、自ら愛することに喜びを見《み》出《いだ》すアグレッシブな女性像。そして、こんな歌ができた。

〽ハレルヤ　花が散っても　ハレルヤ

日本レコード大賞を受賞した黛ジュン（右）と。

風のせいじゃない　（中略）　愛されたくて　愛したんじゃない――

まばゆい歓喜を表す言葉に、「ハレルヤ」を思いついた時、これは絶対にヒットすると確信した。歌作りは理屈でなく、閃《ひらめ》き。残念ながら、考えに考え、丁寧に作ったとしても、閃きは必ず去来するわけではない。だからこそ、閃いた時の「やった」という達成感は半端ではないのだ。

『恋のハレルヤ』は発売と同時に大ヒットした。野球にたとえるなら、ホームランを打った時の手に残る感触、といったところだろうか。その後も、作っている時にこの感触を得た歌は、必ずヒットした。私にとって、これこそが歌作りの魔力だった。

さてこの年に日本レコード大賞の作詩賞をいただくことができ、次は大賞と公言していた。黛さんと一緒に取って、裕次郎さんに恩返しをしたい。翌六八年は狙っていた。

好きだったのに、幼さゆえに手放してしまう。そんな恋の歌を書いた。〽幸せは　オレンジ色の　雲の流れに　流れて消えた――。自分でも意味が分からないこの一節が出てきた時、やったと思った。

『天使の誘惑』と題したこの曲は大当たりとなった。

年末の日本レコード大賞では、『天使の誘惑』が候補に挙がっていた。当日、「輝く！日本レコード大賞」という番組の舞台裏で発表の前に関係者から、こっそり大賞受賞を知らされた。

さっそく楽屋で朗報を伝え、涙にむせぶ黛さんと抱き合って喜んだものだ。

日本レコード大賞は日本作曲家協会が59年に創設した日本を代表する音楽賞。初回の大賞は水原弘の『黒い花びら』が獲得した。大賞の最多受賞はＥＸＩＬＥの四回。

ところがそのすぐ後に、大賞候補となっている黛さんの歌の出番が来た。ＴＢＳが全国放送している中、まさか嬉し泣きの顔で登場するわけにもいかず、必死に涙をこらえて歌った。そして正式に大賞受賞が決った瞬間は飛びあがって喜び、あとは喜びを満面に浮かべて歌った。

再収録曲　二度目の栄冠

一九六八年（昭和四十三年）は『愛のさざなみ』（島倉千代子）、『花の首飾り』（タイガース）、六九年には『君は心の妻だから』（鶴岡雅義と東京ロマンチカ）、『恋の奴隷』（奥村チヨ）、『人形の家』（弘田三枝子）……。

自分でも怖くなるほど、ヒット街道はつづいた。六八年には東京・中野に家を建て、母や兄一家と暮らすことになった。

ヒットがつづくと、例えば「『天使の誘惑』みたいな詩をお願いします」など、自己模倣を求められることがよくあるのだが、私は頑としてそれには応じなかった。「これまでの流行歌にはないものを」と新たな閃きを探し求めていた。

六九年、菅原洋一さんの『今日でお別れ』の収録をした。この曲には紆余《うよ》曲折がある。元々、作曲家の宇井あきらさんが、自作曲を集めたコンサートを開いたのだが、その公演用に新曲の詩を頼まれたのである。上がってきたのは哀感を帯びた三拍子の曲。なんだか暗いメロディーだなと思ったが、いっそこの暗いメロディーに暗い詩をつけたら面白いだろう。そう思いつつ書いた。「映画『太陽がいっぱい』の主題歌みたいだな」などと憎まれ口をたたきつつ、すんなりとできあがってしまった。

別れを告げられた女性の悲痛な思いを吐露した歌だが、「夢も希望もなく暗すぎる」と評判は芳しくなかった。しかし、現実には悲しいばかりの別れもあるし、シャンソンなどにも、希望のない歌はある。実はこの詩の底流にあったのは、妻との別離の心情だったこともあり、一行も書き直さなかった。

コンサートでは、新人だった加藤登紀子さんが歌ったのだが、六七年に菅原洋一さんの歌でレコード化することになった。不遇がつづいていた菅原さんは、私が訳詩した『知りたくないの』が当たり、ようやく上昇気流に乗った時期。しかし、残念ながら『今日でお別れ』は不発だった。

ところが菅原さんも、周囲のスタッフもこの曲を気に入っていて、「この曲をもう一度世に問いたい」と執念を燃やしていた。正直に言うと、作っている時に、「やはり暗すぎるかな」という危惧があって、ヒットするという手応えをあまり感じていなかった曲なのだが、これだけ愛着を持ってもらえるのは、幸せなことだ。編曲を変えて再収録ということになった。

曲調も詩も悲しい。「だから歌が泣いてはいけない」と、菅原さんには繰り返し助言し、菅原さんも、さらっと歌ってくれました。悲しみがじわじわと聴き手の心にしみてくる。そんな仕上がりになった。

69年末に再発売された『今日でお別れ』

日本レコード大賞、同作詩賞、ゴールデン・アロー音楽賞、
コカ・コーラのCMソングでACC賞四冠達成記念。

は、ロングセラーとなり、60万枚以上売れた。70年の日本レコード大賞で見事、大賞を獲得した。オリコン社によると、同年の年間ヒット曲ベスト100のうち18曲がなかにしの作詩だった。

歌い手とスタッフの情熱が、私に二回目となる日本レコード大賞の栄冠をもたらしてくれた。

逆境支えた妻、由利子

一九七一年（昭和四十六年）、私は石田由利子と結婚した。

出会いは七〇年春。彼女はまだ十八歳だった。東京・赤坂にある芸能プロダクションを訪れた時、スタッフから「これから新人のオーディションがあるので、一緒に聴いてください」と言われ、レッスン室で紹介されたのが由利子だった。目のクリクリッとしたショートカットのかわいらしい女の子だ。

彼女は、私が作詩した弘田三枝子さんのヒット曲『人形の家』を歌った。声はいいが、歌はあまり上手くないなと思った。聞けば、いしだあゆみさんの妹だという。

由利子は四人姉妹の末っ子で、長女・治子はフィギュアスケートの選手で68年のグルノーブ

ル五輪に出場、次女・良子はいしだあゆみの芸名で、『ブルー・ライト・ヨコハマ』などのヒットで知られる歌手。後年、なかにしは石田家をモデルにした小説『てるてる坊主の照子さん』を出し、２００３～04年には、これを原作としたＮＨＫ連続テレビ小説「てるてる家族」が放送された。

スターのオーラをまとった姉のあゆみさんにたいし、天真爛漫。宝塚音楽学校を卒業したが、歌劇団には入らず、姉と同じ歌手の道を歩もうとしていた。しかし、無欲というか、上昇志向や毒気といったものは感じられない。

ある日、軽い調子で由利子に「あなた歌はダメだから、僕の嫁さんになりなさい」

由利子との結婚式。

と言うと、「はい、なります」と屈託なく即答した。

いろいろと話を聞くと、自分は姉のように才能がないことを分かってはいるが、周囲に流され芸能界に入ってしまった。これから厳しい競争の世界を勝ち抜ける自信もないと言う。私には、彼女の太陽のような明るさがまぶしかった。離婚後、心臓の病気を抱えながらすさんだ生活を送っていた私は、彼女にそばにいてほしいと心の底から願った。

所属事務所と相談し、一年だけ歌手として活動させることにした。石田ゆりの芸名で、私の作詩した『悲しみのアリア』という曲で七〇年九月にデビュー。きっちり一年で引退し、七一年十月十六日、帝国ホテルで結婚式を挙げた。

七二年には長男・康夫が誕生。幸せな生活を送れるはずだったが、その後、私は兄の事業失敗によって莫大な借金を抱え、債権者に追い回されることとなり、妻と子供を、妻の実家に避難させたこともあった。返済が終わるまでは苦労をかけ、肩身の狭い思いをさせたと思う。

しかし、借金苦や兄との確執、闘病など、私が数々の試練を乗り越えられたのは、由利子が逆境の中でも明るく私を支えてくれたからだ。しかも私は、一人でお湯をわかすことさえままならない男で、日常生活では彼女に頼り切り。本当に内助の功とはこのことだと思う。

家族をもてあそんだ兄

私の人生を語る上で、亡き兄に触れないわけにはいかない。今では多少薄らいだとはいえ、兄への感情は、底知れぬ不気味さと憎悪と言っていいだろう。

なかにしは1998年、実質的な小説デビュー作『兄弟』を刊行した。破滅的に生きる兄とそれに翻弄《ほんろう》されつづけた弟の確執を描いた自伝的な作品だ。

これまで話してきたように、北海道でニシン漁に手を出して家を失うなど、私や家族は兄に振り回されてきた。兄はまともに働くことをせず、一獲千金を狙っては失敗し、いつも借金に追われていた。それでも学生時代は、いいかげんな人だが悪意はな

『兄弟』はドラマ化され、兄をビートたけし（左、右は著者）が演じた。

いと信じていた。しかし、私が作詩家として成功してからの兄の振るまいは、常軌を逸していた。

一九六八年（昭和四十三年）、私は東京・中野に家を建て、そこで半身不随の母と兄一家と暮らすことにした。生活費はすべて私持ち。その上、兄はたびたび数十万円単位の金を無心するようになった。賭けマージャンに負けたというのだが、「俺はとにかく金のあるところを見せたい。わざと負けて平然と大金を払うところに意味がある」とうそぶく始末だ。

さらに私名義の小切手を勝手に振り出したり、私の作詩印税の振込先を自分の口座に変えたり。しかし、私にはまだ兄への愛情があった。

そんな兄の経営していた建設会社が七〇年に再び倒産した。債権者会議に同席させられた私が、負債の六千五百万円を肩代わりすることになり、家や将来の印税を担保に借り集め、三十近い金融業者を直接訪ね、返済して回った。あきれたことに、兄は「誰が行ったって同じさ」と言って、返済に立ち会わなかった。

その後、兄を受取人として私にかけられた生命保険の契約書を見つけた。もちろん私のあずかり知らぬこと。さすがに気味が悪くなり、兄一家との同居を解消した。母は私のもとに置いておきたかったのだが、「親の面倒は家長が見る」と兄が連れていってしまった。

そして七三年、久々に私を訪ねてきた兄は、「ゴルフ場開発をやる」。そして、すでに私を社長に据えた会社を登記し、手形で三億円の土地を買収したという驚愕の事実を告げた。いつの間にか、私の実印を持ち出していた。小樽のニシンの時と変わらぬ兄の常套手段だ。さらに兄は、開発の認可が下りる前に会員募集の広告を出してしまった。その結果、新聞に「無認可開発」と書かれ、ゴルフ場計画は暗礁に乗り上げ、会社は倒産。私は私財をすべて処分し、それでも三億五千万円の借金が残った。

兄は夜逃げ。倒産は大々的に報じられ、私が汚名を着ることになった。債権者には昼夜問わず追いかけ回され、身の危険を感じた私は妻と幼い長男を一時、妻の実家に避難させた。母を人質に取られているという負い目が、兄への対応を甘くしていたのだ。

「警察呼ぶぞ」兄と決別

一九七三年（昭和四十八年）、兄のゴルフ場開発失敗によって、私は三億五千万円の負債を負ってしまった。印税は弁護士が管理し、完済まで約十年間かかった。借金のゴタゴタの中、創作が上手くいくはずもなく、しばらくスランプがつづいた。

「いい歌を書きたい」。その思いが結実したのが、七五年に北原ミレイさんに書いた『石狩挽歌』だ。

〽海猫《ごめ》が鳴くからニシンが来ると――。まさに、終戦直後に兄が一獲千金を狙って大金をつぎ込んだニシン漁の情景である。かつて栄えたニシン漁を追憶する主人公の心情を描いた。書き上げた時に、思わず妻に「傑作ができたぞ」と声をかけた。こんなことは初めてだった。兄が原因で苦境の中にいた自分が、兄との思い出を基に会心の作を生む。皮肉なものだ。

『石狩挽歌』は大ヒットこそしなかったが、八代亜紀や石川さゆりら多くの歌手に歌い継がれ、北海道・小樽に歌碑も作られた。

さて、雲隠れしていた兄から連絡があったのは、この年の春のことだ。「今追い込まれている。三百万円貸してほしい」。すげなく断ると、数日後、やくざもののような男二人に脇を固められた兄が訪ねてきた。「兄さんがどうなってもいいのかな」。結局、私が尻ぬぐいした。

そんなことがつづくと、こちらの身が持たない。考えあぐねた結果、借金をしないように、私の事務所の役員に据え、給料を払うことにした。兄のところには母がいる。これが私の最大の弱みだった。

七七年九月、母のよきが七十三歳で亡くなった。何不自由ない生活を敗戦で失い、苦労を重ね、私たちを育ててくれたのに、脳溢血に倒れ、半身不随になってしまった母。せっかく成功したのに、いい思いをさせてあげられなかったのが、何とも無念でならなかった。

そしてついに兄との決別の時がやってきた。ある日、銀座のクラブの一枚五万円するクリスマスのパーティー券を大量に持っているのを目にした。

「もしや」と思い、兄の机の引き出しを改めたところ、金融業者相手の借用書が見つかり、合計すると二千万円になっていた。母亡き後、いつでも見捨てられると思う反面、立ち直ってほしいという淡い思いもあったのだが、私の堪忍袋の緒もついに切れた。

兄に借用書を突きつけ、「もう顔も合わせない。金の援助もしない」。そして、「今回に限って許してもらえないか」という兄の懇願を突き放した。

私の決意は強固だった。「許してほしい」

『石狩挽歌』は小樽に歌碑が作られた。
左から作曲の浜圭介、著者、北原ミレイ。

と来訪する兄を、「警察を呼ぶぞ」と追い返し、金の無心を無視し、兄に融資した金融業者の電話には、「関係ない」。手を替え品を替え、私に接触しようとする兄を、断固拒否しつづけた。

そんな兄も九六年十月、亡くなった。最後まで和解することはなかった。

アルバム制作　拓郎の勧め

一九七七年（昭和五十二年）のある晩、フォーライフ・レコードの社長を務めていたフォーク歌手の吉田拓郎さんと会食していたら、突然、「なかにしさん、うちからアルバム出さない。俺たちみたいに、作詩も作曲も歌も全部やるの」と言われた。

「やろうじゃないの」

その場の勢いで引き受けてしまった。


米国のフォークブームの影響を受け、60年代後半から和製フォークが隆盛となり、70年代には歌謡曲を脅かす一大潮流となった。『結婚しようよ』『旅の宿』などを立てつづけにヒットさせた吉田はその中核的存在だった。

実はこれには少し伏線があった。「優しさと切なさ、愛と青春」といった当時のフォークの世界観に私は少し違和感を覚えていた。「人間には下劣さやどす黒い部分だってあるんだ」という思いから、黒沢年雄（当時は年男）さんに『時には娼婦のように』という歌を作った。ところが、黒沢さんは「こんないやらしい歌、気が進まない」と難色を示し、お蔵入りしていた。吉田さんの話を聞き、「それならアンチフォークの『時には娼婦のように』を自分で歌ってしまおう」と考えたのだ。

作詩は本職。曲も歌手の声質や声域を計算して仕上げることはできないが、メロディーなら作れるし、過去に何曲か作曲したこともある。ギター片手に四苦八苦しながら十二曲を仕上げ、それを冷や汗かきながら、スタジオで歌った。かくして、アルバ

黒沢年雄（左）の『時には娼婦のように』の収録に立ち会う。

ム『マッチ箱の火事』は同年十一月に発売された。

するとアルバムの冒頭に収めた『時には娼婦のように』が有線放送で人気となったのだ。ただ、私の歌だけでは限界がある。私には作家としての力はあっても、芸能人としての力がない。この歌をもっと広めるには、優れた歌い手の存在が不可欠と考えた。そこで、一度は断られた黒沢さんに、「あの歌出してみないか」と打診したのだ。すでにちまたで話題になっていたこともあり、「お願いします」と今度は快諾。

七八年二月、黒沢さんの歌うシングル盤『時には娼婦のように』が世に出た。話題作りを兼ね、私が歌うシングル盤も同日発売。ともに大ヒットし、「二人合わせてミリオンセラーだね」と喜び合った。

〽時には娼婦のように　淫らな女になりな――。歌の意味が分かっているとは思えない子供までも、この歌を口ずさんでいるのを聞き、私はにんまりした。これこそが歌の持つ魔力なのだ。

後日談がある。日活がこの歌を映画化したいという話を持ってきた。当時、借金に追われている時期で、好条件を提示されたこともあり、原案、脚本、音楽、さらに主演までこなした。成人映画なので、十五分に最低一回はラブシーンが入るのだが、撮影現場の熱気を体験することができ、今では楽しい、貴重な思い出になっている。

『まつり』作詩家の到達点

なかにし礼と言えばポップス系歌謡曲というイメージが強いようだが、けっこう演歌を手がけ、大きなヒットも出している。

中でも思い出深いのは、細川たかしさん。デビュー前から「すごい歌手がいる」と言われ、実際、聴いてみると、伸びやかな高音に抜群の声量。「これは大成する」と思った。レコード会社も力が入っていて、売れっ子の作曲家・作詩家コンビ六組に二曲ずつ書かせ、コンペ形式でデビュー曲を決めるというまったく人をバカにした方法を採った。これには絶対負けられないと思った。

そしてコンビを組んだ作曲家の中村泰士

北島三郎特別公演より。大仕掛けの舞台『まつり』でフィナーレを飾る。(©北島音楽事務所)

さんと作り上げたのが、『心のこり』。失意の女性の一人旅という設定で、冒頭の〽私バカよねおバカさんよね――という一節が浮かんだ時、「これは大ヒットする」と確信した。

コンペで無事採用。一九七五年（昭和五〇年）四月に発売された『心のこり』は、ヒットチャートを駆け上がり、八十万枚以上を売り上げ、年末の日本レコード大賞では、最優秀新人賞に輝いた。

その後、細川さんは、大ヒットには恵まれず、やや伸び悩んでいるという状況がつづいていた。所属事務所の社長から、「久しぶりに書いてくれませんか」と言われて作ったのが、八二年の『北酒場』だ。作曲は中村さん。

〽北の酒場通りには　長い髪の女が似合う――。何の脈絡もない詩でありながらも、言い切ってしまうと説得力を持ってしまうところが、流行歌の妙味だろう。中村さんの曲は素晴らしいし、けっこう歌うのが難しい曲だけに細川さんの歌唱力も光った。大ヒットして、この年の日本レコード大賞に輝いた。

細川は翌83年にも『矢切の渡し』で日本レコード大賞を受賞。二年連続で同賞を獲得したのは、細川が初めてだ。

私が日本レコード大賞を取ったのは三回。黛ジュンさんの『天使の誘惑』、菅原洋一さんの『今日でお別れ』、そして細川さんの『北酒場』だが、この三人の歌手にはいずれも私が出世作を書いている。私の歌で世に出て、私の歌で頂点を極める。実に嬉しく、誇らしいことだ。

八四年には、北島三郎さんから初めて詩を頼まれた。なぜか、この時はヒットさせたい、認められたいといった打算なしに、「みんなが幸せになって、にこやかになれる歌を作りたい」という純粋な気持で取り組むことができた。そこで出てきたのが『まつり』。北島さんなら、威勢よく日本の厄をはらってくれるような歌にしてくれると思った。作曲は北島さん自身だが、いい曲を付けてくれたものだと感謝している。

公演ではクライマックスを飾り、紅白歌合戦でも六回披露され北島さんの代表曲になった。私の作品群の中では明らかに異色だが、この曲は私の作詩家人生の到達点だと思っている。

『わが人生に悔いなし』裕次郎送る

新婚旅行で訪れた下田のホテルで初めて会った時、「流行り歌を書きなよ」と言ってくれた石原裕次郎さん。私を作詩の道へと導いてくれた大恩人にホテルに呼び出され、歌作りを依頼されたのは、一九八六年（昭和六十一年）夏ごろだった。

そのしばらく前から、裕次郎さんはがん闘病中だった。告知されていなかったけれど、本人は自身の病状や、死期が迫っていることを悟っていたと思う。「皆言わないけれど、俺はがんだ。おそらく治らないだろう」。私との会話でもそんなことを話していた。私にはその状況に目をつぶって歌を書くことは出来なかった。「彼が発する死のにおいを、すくい取らなくて、なにが作詩家だ」。そう思った。

「俺は夜遅く帰ると、台所で一人飲み直すんだよ。日本酒トクトクついで、食器棚にうつる自分と乾杯してね」

かつて裕次郎さんから聞いた、そんな情景を織り込み、〽長かろうと短かろうと　わが人生に悔いはない――と歌い上げる。作曲をお願いした加藤登紀子さんに詩を渡した時は、「よくこんな詩書いたわね」と驚かれた。でも私の真意を理解してくれたのだろう。素敵な曲を書いてくれた。

当然のことながら、裕次郎さんの周囲にいる多くの方は、「これは死の歌じゃないか」と難色を示した。しかし、誰よりもご本人が気に入ってくれていた。一緒にゴルフをした時のことだ。三番にある「夢にも似てる　人生さ」の一節に触れ、「夢だと思えば、こんなに素敵な人生はないぞ、礼ちゃん」と言っていた。

リハーサルの時は、「裕さん、この曲は大スター裕次郎ではなく、一人の男として歌ってほしい」とお願いした。裕次郎さんもそれを受け止めてくれたのだろう。素朴に生真面目に歌ってくれた。それが、実にいい味になっていた。
八七年四月二十一日、『わが人生に悔いなし』は発売された。それからわずか三か月。七月十七日、裕次郎さんは肝細胞がんで亡くなった。五十二歳の若さだった。

青春のシンボルであり、戦後を象徴する大スターでもあった石原の死は国民に大きな衝撃を与え、8月11日に東京・青山葬儀所で行われた告別式には一万人以上が詰めかけ、泣きはらすファンの姿もあった。

亡くなった直後のテレビには、連日のように元気だった頃の裕次郎さんの映像がこの曲とともに流れた。それを見るたびに、

ハワイにて。左より著者、石原裕次郎、まき子夫人、妻・由利子。

胸が詰まり幾度となく泣いた。

今の私があるのは、間違いなく裕次郎さんのお蔭である。その生前最後に出した歌を自分ではなく、他の人が書いたとしたら、私は多分地団駄を踏んだことだろう。作ることができて本当に良かった。心の底からそう思える一曲だ。

昭和終幕　作詩から距離

大きなヒット曲を提供したわけではないが、歌謡界の女王、美空ひばりさんとの交流も、忘れがたい思い出として刻まれている。

ひばりは、1949年（昭和24年）、12歳の時に『河童ブギウギ』でデビュー。天才少女と脚光を浴び、その後も『哀愁波止場』『柔』『悲しい酒』など多くのヒット曲を生み、国民的な人気を誇った。

七四年、全曲私の作詩した歌をひばりさんが歌うアルバム『歌は我が命〜涙〜』を出した。これを機に、頻繁にひばりさんの自宅に招かれるようになった。ひばりさんは周囲から「お嬢」と呼ばれていたが、私には「お嬢と呼ばないでほしい」と言う。一つ年長の彼女を私は

「姉上」と呼んでいた。私のことは「礼さま」だ。

ある時、ひばりさんの家で彼女が出演した古い映画を見ていると、「昔が懐しくてたまらない」と泣き出した。弟の不祥事でＮＨＫ紅白歌合戦出場が途切れるなど、当時のひばりさんは逆風にさらされていた。片や私も多額の借金を背負い、どん底だった。そんなこともあり、どこか通じ合うところがあったのかもしれない。

七六年に『さくらの唄』を書いた。自分の人生に悲嘆し、死を意識する、遺言のような作品だ。曲をつけた三木たかしさんがいたく気に入り、自分で歌ってレコードを出してしまった。まったく売れなかったのだが、これを聴いた演出家の久世光彦さん

1988年頃、美空ひばり（中央）とスタジオで。右は作曲家の三木たかし。

が惚れ込み、「この曲をひばりに歌ってもらい、それを主題歌にしたドラマを作りたい」と、ひばりさんに直談判。ひばりさんも快諾したのだった。レコーディングが終わると、「何でこんないい歌隠してたの」とひばりさんに咎められた。

そして、八八年、「東京ドームでの公演のオープニングを飾る曲を書いてほしい」と頼まれた。それは闘病からの復活公演。再び立ち上がり、歌いつづける決意をつづった『終りなき旅』は、彼女から聞いていたつぶやきを、形にしたものと言っていいだろう。「これはあなたと私にしか生み出せない歌」。彼女からの何ものにも代えがたい褒め言葉だった。同年四月十一日、本当は歩くこともままならない状況で、ひばりさんは見事に東京ドームのステージを務め上げた。

それから一年。昭和から平成に変わった八九年六月二十四日、ひばりさんは五十二年の生涯を閉じた。いや応もなく昭和という時代の終わりを実感させられた。

この時期、私は作詩から距離を置く決意をした。昭和という時代に生まれ、翻弄され、傷つけられる一方、昭和によって育まれ、生かされ、脚光を浴びてきた。私の作った歌は、昭和という時代を映す鏡でもあったろう。平成に変わった瞬間、自分が歌を作る必然が失われたように感じたのだった。この時、五十一歳。新たな道に踏み出す最後の機会かもしれないと思った。

舞台制作　『静と義経』盛況

平成になり作詩と距離を置くようになってからは、舞台制作に力を入れるようになった。

一九八〇年（昭和五十五年）頃からミュージカルの台本を手がけるようになり、八一年には、二期会オペレッタ『天国と地獄』（オッフェンバック作曲）で、訳詩・台本・演出と、本格的に舞台制作に携わった。元々権力や体制を皮肉ったコミカルな風刺劇なのだが、この時は共同演出の萩本欽一さんが、ギャグを担当。「あの羊は偽物だ」「なぜ」「ウールマークがついてない」なんてやりとりを作るのを見て、上手いなあと感心したものである。

『眠り王』カーテンコール。
左より十二代目市川團十郎、著者、市川新之助（現・海老蔵）。

66年に坂上二郎と結成したコント55号で人気者となった萩本は、70年代半ばから、「欽ちゃんのドンとやってみよう！」など数々の人気番組に出演し、一世を風靡した。

平成に入り、創作オペラに挑むことになった。岡山シンフォニーホール開館記念作品を委嘱された作曲家の三木稔さんが、私を脚本・演出に指名してくれたのだ。五世紀の大和朝廷と吉備の権力争いに悲恋を絡めた壮大な物語に仕立てた。『ワカヒメ』は、九二年（平成四年）一月に同ホールで初演。民話調が多く、こぢんまりした日本のオペラに飽き足らなかった私は、外国の人が見ても分かるスペクタクルな作品を求めていた。それを自らの手で実現できたのは、望外の喜びだった。

同年、私は鎌倉芸術館の芸術総監督に就任。翌年の開館記念作品として、再び創作オペラに挑んだ。地元にゆかりがあり、誰もが知る源義経と静御前の話を題材に、私が脚本と演出、音楽は三木さんにお願いした。

次々と悲劇に見舞われる静が、あの世で愛する義経と結ばれることで救いを得るという構想の下、最後のアリアがポイントだった。三木さんと議論を重ねた末、あの世との距離感を象徴するために沖縄の音階を導入してアリアが完成した時、これまでに類を見ない作品になると確信した。九三年十一月初演の『静と義経』は立ち見が出る盛況だった。

また、東京電力が企画し、九九年に初演した『眠り王』を作・演出したのは、私の舞台制作の一つの到達点だと思っている。『竹取物語』をモチーフに、歌舞伎、オペラ、四千人による合唱、和太鼓など、和洋の様々な舞台芸能を融合した壮大な作品。二十世紀のドイツの作曲家、カール・オルフが提唱した世界劇に、私流解釈を加えたものだ。

歌舞伎役者の市川團十郎さんに、主演を依頼した時のことだ。私が興奮気味に構想を話すのを、静かに聞いていた團十郎さんが、「私は何をすればいいのですか」。実は配役まで考えていなかったのだが、とっさに「かぐや姫を天上から見守る月の大王と日本の帝をお願いします」と言ってしまった。「面白そうですね」と引き受けてくれたが、お蔭で『眠り王』という作品が生まれたのだから創造とは不思議なものだ。

兄取り上げ　小説デビュー

「小説家になりたい」

その思いは、漠然とではあったが、小学生頃から抱いていた。長じて、作詩家として成功してからも消えることは片時もなかった。特に満洲での戦争最末期から引き揚げまでの、死線をさまよった一年二か月のことは、何がなんでも書き残し、後世に伝えたいと考えるようになっていた。それは私がこの時代に生きた証しだからだ。

一九八九年（平成元年）秋、とあるパーティーで作家の村松友視さんと話す機会があり、「なかにしさん、あなたの書いた小説を読んでみたい。だから書いてみない」と熱心に勧められた。この言葉に、背中を押された。

村松は中央公論社の文芸誌「海」の編集者時代から劇作家の唐十郎の戯曲を掲載するなど、文壇以外からの才能発掘に力を入れていた。その後作家に転じ、82年に『時代屋の女房』で直木賞を受賞した。

ただ、書けと言われて、すぐに書けるものでもない。夏目漱石、芥川龍之介、三島由紀夫、バルザック、モーム……。内外の名著を読みあさり、文学的な修辞や描写、物語の展開法などを七、八年かけ、徹底的に勉強した。

作詩で売れ始めた頃、週刊誌で駄文のような小説を書いたことはあるが、本格的に小説と取り組んだことはない。で、実質的なデビュー作では、兄のことを書くことに決めた。最大のテーマ、戦争体験は小説家として熟してから書きたいと思っていた。また、九六年に兄が亡くなったばかりで、兄に対する憎悪が生々しいうちに書きたいという動機もあった。時間を置くと、どうしても過去は美化されてしまうからだ。

小説家デビューには、村松さんが親身に面倒を見てくれた。「オール讀物」に掛け合い、私の連載の話を決め、「文章で歌い上げない」「短歌ではなく俳句のイメージで」などと貴重な助言もいただいた。

「オール讀物」九七年六月号。「兄が死んだ。（中略）私は思わず小さな声で『万歳！』と叫んだ」という刺激的な文言で連載を始めた。自己中心的で破滅的な生き方をする兄と、それに翻弄され、苦難を強いられた弟の愛憎の物語は、翌年、直木賞の候補となった。こんな小説家として最高のスタートを切ることができるなんて思いもしないことだった。

「悪魔的な兄の人物像や行動は誇張や脚色

様々な形で作家デビューを後押しした村松友視（左）と。

されたものなのか？」といった疑問が寄せられたこともあるが、現実には、あれでも書き足らないひどい出来事もあったのだ。しかし、そこまで書いてしまったら、小説として成り立たない。どこかに救いや共感、理解の余地は残さないと。

ある高名な作家が「切り札を切っただけに、次作が難しい」という趣旨の書評を書いてくれた。それを覆すのが次の私の目標となった。その自信はあった。

『長崎ぶらぶら節』で直木賞

『兄弟』につづき、一九九九年、『長崎ぶらぶら節』を刊行した。長崎の芸者・愛八と郷土史研究者の古賀十二郎が、埋もれてしまった地元の古い歌の発掘に取り組み、名曲『長崎ぶらぶら節』にめぐり合うという物語は、実話を基にしている。

ヒントは、創作オペラ『ワカヒメ』『静と義経』でタッグを組んだ作曲家の三木稔さんとの会話だった。これらの作品で、日本の旋律を西洋音楽の様式の中にいかに取り入れるか。一言で日本の旋律といっても、地域ごとに多種多様だといった議論をしている時、日本の民謡のCDを買って聴きあさった。

その過程で愛八の歌う『長崎ぶらぶら節』と出合った。いい歌だなあ、上手いなあと思ったのがすべての始まりだった。愛八とは何者なのかと調べたところ、丸山遊里の芸者で、古賀とともに歌探しを行ったことなどがわかってきた。

「古い歌を見つけ出すとはどういうことなのだろう」と興味がわき、居ても立ってもいられず、何の目算もないまま、長崎まで行った。

まず愛八ゆかりの料亭・花月を訪れると、丁度、愛八をしのぶ会をやっていた。花月で愛八の話を聞き、さらに「古賀のことを知りたいなら」と長崎歴史文化協会を教えてもらい、そこで古賀の孫弟子、越中哲也さんと会って話をすることができた。まるで何か不思議な力が、私を愛八と古賀の物語に導いてくれたようであった。

その後、七、八回、それぞれ一週間ほどの日程で長崎を訪れ、愛八と古賀の足跡を

第122回芥川賞・直木賞パーティーにて。
左より鳳蘭、島田祐子、著者、美輪明宏、ピーコ。

訪ね歩き、二人のことを徹底的に調べた。こうして小説の骨格が固まっていった。
出版直後から反響があり、『兄弟』につづいて直木賞の候補となった。発表の日は知人が経営するバーで待機。前回は数人いただけだったのに、この時は記者やテレビカメラが詰めかけ、明らかに雰囲気は違っていた。そして受賞の報。小説家として、名実ともに巣立つことが出来たという感慨に思い切り浸った。

直木賞は、文藝春秋が35年（昭和10年）に芥川賞とともに創設した文学賞。純文学の新人に与えられる芥川賞にたいし、大衆文学の人気作家が対象となり、井伏鱒二、山崎豊子、司馬遼太郎らそうそうたる顔ぶれが受賞している。

そして、満を持してライフワークと言える戦争体験の小説化に挑んだ。戦争末期から一年二か月に及んだ死と隣り合わせの満洲での逃避行。そんな中、親であるとともに女としてもたくましく生きた母を主人公に描いた。生々しい出来事の数々は、すべて事実だ。小説はフィクションではあるが、私の人生の原体験を書く以上は、嘘は書きたくなかった。
二〇〇一年に刊行された『赤い月』は、原稿用紙六百枚以上の大作となった。書き切ったという達成感とともに、この小説を書くために私は今日まで生きてきたのだという実感にひたった。

二度のがん　乗り越える

のどの不快感と胸のむかつきに悩まされるようになり、二〇一二年二月、病院で検査を受けた結果、食道がんが見つかった。かなり進行しており、「このままだと余命八か月ほど」と、医師からは手術を勧められた。同時に、心臓に持病を持つ私には長時間に及ぶ手術はきわめて危険が大きいとも説明された。この時、七十三歳。今さら身体を切り刻まれてまで、命を永らえる気にはなれなかった。

三月に出演中のテレビ番組でがんになったことを公表。一時は緩和ケアを受けながら余命を過ごす覚悟をしたのだが、座して死を待つことを、どうしても受け入れられなかった。夫婦でインターネットを調べた結果、たどり着いたのが陽子線だった。

陽子線は放射線の一種だが、エックス線と違い、病巣に効率的に照射でき、副作用も少ないとされる。臨床研究は米国で1954年に、日本では79年に始まった。

これだと思い、国立がん研究センター東病院で陽子線治療を受けた。一回二、三分、約三十回の照射。そして抗がん剤治療。その結果がんは消えた。助かった。またも死の淵から戻ることが出来たのだった。

二〇一二年秋、仕事に復帰。年末には、氷川きよしさんに書いた『櫻』で日本作詩大賞を受け、喜びに花が添えられた。その後も闘病記や詩集を出版するなど、順調に活動していた。

ところが、一五年二月、定期的に受けていた検査で、食道裏側のリンパ節に転移が見つかった。陽子線は前回の照射経路に重なり、過剰照射になる危険があるため、使えないという判断だった。医師は手術を勧めた。食道切除に比べリスクは低いという。受ける決断をした。残念ながら、患部が気管支に密着していたため、メスを入れられ

立教大学キャンパスを歩く。

なかった。

しかしその後に受けた抗がん剤治療が劇的に効いた。腫瘍が縮小し、陽子線が使えるということになり、十二回の照射。三月にがん再発を公表してから七か月後、再発した腫瘍が消えたという診断を受けたと発表した。「今度こそダメか」という状況を、またもや切り抜けた。

治療と並行して、「サンデー毎日」で小説『夜の歌』の連載を始めた。自分の人生を集大成した自伝的な作品で、これが最後の小説になるだろうという覚悟で書き始めた。

実は私の書く歌の中には、自分の体験や心象風景を投影したものが数多くある。ずっと秘密にしていたのだが、『夜の歌』では、一部でその種明かしもしている。例えば黛ジュンさんに書いた『恋のハレルヤ』。祝福と歓喜を表す「ハレルヤ」は、満洲から日本への引揚船に乗り込む時の気持を代弁したものだったのだ。このことだけは書き残しておきたいと思った。

尽きることない創作意欲

今年四月で平成が終わり、新たな元号の時代へと移る。戦争とその後の混乱、心臓発作、そしてがんと何度も命の危険に直面した自分が、どうやら新たな時代を迎えられそうなのは、感慨深いものだ。

天皇陛下は2016年8月、国民に向けてのビデオメッセージで生前退位の意向を示された。17年6月、天皇の退位等に関する皇室典範特例法が成立。同年12月、19年4月30日の退位が決まった。

昭和は流行歌を書くことで、時代を映す役割を担った。定型化していた七五調を排し、これまで歌謡曲が扱ってこなかった世界を描くなど、自分ならではの表現を求めてもきた。それが流行歌の地平を広げることにつながると考えたからだ。

私にとって歌を書くことは、詩を書くことに等しい文学的行為である。だから、訳詩、作詩という表記にこだわっている。

「ヒットのコツは？」と訊かれるが、詩として完璧であってはならず、音楽が埋めてくれるゆるさが必要だと思っている。とぎすまされた言葉で埋め尽くされた詩には、音楽が入る余地が失われる。

平成に入ると作詩から距離を置き、自らのライフワークと考えてきた小説に挑み始めた。戦争体験を軸に自分の人生をそっくり表現するという作業は、自分にとっての昭和という時代の総括だったと思う。

一方、創作オペラをはじめ、様々な舞台作品を手がけることができたのも、平成での収穫であった。今年三月二、三日、東京・新宿文化センターで、一九九三年に初演した創作オペラ『静と義経』が再演され、無事成功した。私が制作を主導したこの作品で自分の平成を締めくくれるのは、ありがたいことだった。

振り返れば、幾多の苦難を乗り越えつつ、実に様々なことに手を染めてきたものだと、改めて実感する。

「これをやってみないか」と打診されると、取捨選択するのではなく、面白そうだと思いすべてやってみたくなる性分のようだ。

とは言え、私は要領良く仕事をこなすタイプではない。歌でも小説でも、考えに考え、頭から湯気が出るような時間を重ね、ようやく完成にこぎ着けるのがいつものこ

オペラ『静と義経』再演、カーテンコール。このオペラの作曲者・故三木稔の遺影を手に舞台に立った。(撮影＝吉野俊平)

とだ。その生みの苦しみこそが、生きているという実感そのものなのだと感じるのが好きだ。

一五年に再発したがんの治療と並行して小説『夜の歌』を書き始めた時は、「これが最後の小説になるだろう」と思っていた。しかし、新たな構想が膨らみつつある。将来、もし余力があったら歌舞伎の大名跡、十二代にわたる市川團十郎の列伝を描きたいと考えている。もし書ければスケール感のある大河小説になりそうな予感がする。

現在八十歳。あと何年生きられるか分からないが、やりたいことは尽きそうにもない。

家族集合写真。前列左より長女の夫・ロラン、孫娘・希亜良、著者、妻・由利子、愛犬・ラブ。後列左より長女・夏奈子、長男・康夫。

第二章　二十歳のころ

お茶の水界隈

精神の核となった引き揚げ体験

私はなぜ二十歳という年齢にこだわるのか、二十歳という年齢こそ、人生における最大の神秘の年だと思うからだ。

私の二十歳のころ。

まったく思い出すだけで苦いものがこみあげてくる。

あの青春の一時期に帰りたいかと訊かれたら、即座に、帰りたくないと答えるだろう。それほどまでに砂を噛むような毎日であった。高校を卒業したが、大学には行けず、手に職もなく、日々鬱々としていた。

私には兄がいたのだが、その兄に働きがなく、といっても今思えば、私よりも十四歳年上の兄は、その頃は三十四歳でしかなかったわけだから、多くを期待するほうが間違っていたのかもしれない。兄は早くから結婚していて、子供が三人おり、その一家を養うだけでも大変だろうに、中風で半身不随になった母がいて、その上私がいる。姉もいたが、姉はすでに働いていた。これだけの人数が品川区荏原の借家に住んでいた。

働きがないだけでなく、兄は次から次と女をこしらえる。そのことで兄夫婦に喧嘩が絶えない。

「兄さん、また女作ったの？」

と私が訊くと、

「お前は教養がないな。女は作るって言わないんだよ。正しい日本語では、女はこしらえるって言うんだ。気をつけな」

逆にこっちが教えさとされる。

かなりの教養があり、ダンスやビリヤードなどの遊びにたけていて、話も面白い、それで女好きなんだから、もてて当たり前だろう。しかし働かない。稼いではいるのだろうが、女遊びに忙しく、金を家に入れない。そのことでもまた夫婦が諍《いさか》いをする。

高校を卒業すると同時に、私は家を出て、自活の道を探った。が、おいそれと働き口があるわけではなかった。私はこの時、この世に生きていくことがどんなに困難なものか思い知らされ、夜毎《よごと》に泣いた。

友達はみんな大学生になっていた。

私はいろんなアルバイトをやった。家庭教師はもちろん、道路工夫もやった。が、住むところがない。昭和三十一、二年の下宿代は朝飯つきで三畳間三千円だったが、私は下宿代をためては夜逃げするという生活をしていた。

が、ついに万策つき、炭屋をやっていた高校の先輩の家に転がり込んだ。今度は炭屋の丁稚《でっち》である。朝早く起きて炭を切り、リヤカーにタドンや練炭を乗せて、それを自転車で引き、湯島天神下の料亭に配達する。夜、仕事が終わって、銭湯に行き、鼻をかむと真っ黒だ。

そんな環境にあっても、私の頭の中には文学への思いしかなかった。というと格好よすぎるが、本当なのだ。寸暇《すんか》を惜しんで本を読み、コーヒーを飲む金があれば神田神保町の名曲喫茶「らんぶる」に行ってクラシック音楽を聴いていた。

私は十九歳の誕生日をその「らんぶる」で迎えた。むろん祝う気分もなく。

「世の中には、自分の誕生日を祝う種類の人間と祝わない種類の人間がいる」という吉行淳之介の言葉を文芸雑誌の対談かエッセイで読んだことがあり、この世に生まれ出るのを拒否して母の胎内に戻っていくという『河童』（芥川龍之介）の痛烈な皮肉にもともと共鳴していた私は、自分を「祝わない種類の人間」と決めていた。

この世に生まれてきて良かったと思ったことは、正直言って一度もないのに、どうして自分の誕生日を祝えようか。ただ無為に生きているうちに十九になってしまったという悔恨の念に胸をさいなまれるばかりだった。

なにをどうしたら良いのか分からない。そんな時、私は自分の過去を振り返る。なぜなら、私にとっての財産は過去の体験しかないからだ。

昭和二十年八月九日から始まった、恐怖の逃避行と避難民生活と引き揚げ体験は私の精神の核となっていた。その核のまわりをぐるぐると回るようにして物思いにふけることが、私の思考法となっていた。

私は旧満洲（現中国東北部）の牡丹江で、成功した醸造業の次男として生まれた。小学校に入学するまではなに不自由なく、まるで木洩《こも》れ日の下、揺籠《ゆりかご》の中でうたた寝しているかのようにぼんやりと、過ごしていた。

ところが、一九四五年八月九日のソ連参戦で私の人生は暗転した。揺籠からほうり出されて、地面にたたきつけられたのだ。気が付くと、激流が押し寄せてきていて、大地は震度五以上の地震で揺れつづけていた。この形容は決して大袈裟ではない。人間が阿鼻叫喚に陥り、いかに傀儡《かいらい》国家と言われようと、一つの国家が崩壊していくのだ、それが大地震でなくてなんであろう。しかもその地震は、祖国日本の土を踏むまでつづいたのだ。今でもその余韻は身体の芯に残っている。

牡丹江脱出、ソ連軍機の攻撃、必死の逃避行、空腹、死んでいく人々、そして敗戦。ハルビンでの収容所生活。父の死。ソ連軍兵士たちの横暴に耐える日々。日本政府は、満洲居留民に、帰ってくるなという通達をよこした。棄民されたことの悲しみ、絶望。終戦から一年二か月経ってやっと日本への引き揚げが決まった。貨物船の船底に毛布一枚与えられ、肩寄せ合って横たわる人々。みなやせ細り、目ばかりをぎょろぎょろさせ、ノミ、シラミにたかられた身体をぽりぽりかいている。命からがら佐世保の岸壁にたどり着いた。祖国の土を踏んで最初に受けたのはＤＤＴの洗礼。頭から身体の隅々まで真っ白になった。

長い遠足

私たちは、人がぶら下がるようにして乗っている満員の列車に揺られて本州を縦断し、青函連絡船で北海道に渡り、ふたたび列車に揺られて小樽に着いた。小樽市豊川町にある父の実家で旅のほこりを払い、私の長い遠足もようやく終わった。

そう、長い遠足だった。

昭和二十年八月九日にソ連軍が満洲に攻め込んできて、牡丹江を脱出する時、私は母に尋ねた。

「逃げるったって、ほんの一時でしょう？　またこの家に帰ってくるのでしょう？」

「そうだよ。すぐにまた帰ってくるさ。だからお前は遠足にでもいくつもりでついて来たらいいんだよ」

気休めだったかもしれないが、母はそう言い、私もそれを信じようとした。

しかしその遠足はなかなか終わらなかった。

ソ連軍機の銃弾から逃れ、飢えに耐え、寒さ暑さに耐え、父を失い、祖国にまで見捨てられて絶望のうちに時は流れた。一年二か月経ってようやく引揚船に乗ることができたが、船は機雷を回避しつつ航行しなければならず、その歩みは遅かった。

真っ暗な玄界灘をながめつつ、本当に船は日本に向かっているのだろうかと、不安にさいなまれた。

なんというつらい遠足だろう。話がまったく違うじゃないか。私は一人つぶやいていた。

で、一年三か月かかって遠足は終わったが、その終点は牡丹江の我が家ではなく、思いもしない、はるかはなれた日本の小樽だった。

ところが小樽の家をあずかっていた祖母にしてみれば、息子の嫁とその子供二人は帰ってきたものの、肝心の息子が死んでしまったのだから面白くないことこの上ない。しかも一番頼りになるはずの長男、つまり私の兄は、陸軍特別操縦見習士官として出征していたが、生死のほどが分からない。祖母はなにかにつけて、母や私たちにつらく当たり、祖国に帰ってきたという歓びは半減した。

長い遠足はまだ終わっていないんだ、と私は感じていた。

あの時、祖母が私たちを温かく迎えてくれていたら、日本という祖国にたいする私の情愛はだいぶ違ったものになっていただろう。

幼い日の私の中には、日本という祖国のイメージは明確にはなかった。両親、兄、姉、そして親戚の人たち、また父の酒造工場に働いている人たちはみな日本で生まれ育ち、満洲に渡ってきているわけだから、故郷日本をつねに恋しがっていた。

それが私には分からなかった。

私は満洲牡丹江で生まれ、そこで育ったのだから、ほかに故郷のありようがなく、日本と言う国は、大人たちが恋しがる、おとぎ話に出てくるような夢の国であるに違いないと思っていた。さぞかし美しい国なのだろうと。

だが、引揚船の上で初めて『リンゴの唄』を聞いた時、そのかすかなイメージが崩れた。

その歌は若い船員が私たち姉弟を励ますために歌い聞かせてくれたのだが、私は悲しくてたまらず、その場にくずおれてしまった。

私たち引き揚げ者が、つまりあなたたちの同胞が、一度は祖国に見捨てられたとはいえ、まだ玄界灘の暗い海の上をさすらっているというのに、あなたたちはもう元気良く再出発してしまったのか。私たちにとって戦争がまだつづいているというのに、あなたたちは同胞の帰りを待つことなく、明るい歌を晴れ晴れと歌うのか。

鬼ごっこをしていて鬼になり、目を開けたら誰もいない。そんな意地悪をされたことは誰しもあるだろうが、丁度その時のような寂しさ心細さを感じて、私は泣いた。

こんな心理を人は、ひがみだと言うかもしれない。ならば訊くけれど、あなたがたは、中国残留孤児たちの前で『リンゴの唄』を歌えますか？　少なくとも私には歌えない。中国残留孤児たちにとっては、戦争は終わったかもしれないが、戦後はまだつづいている。彼らは祖国日本に帰ってきて、日本人として迎えられ、日本人として生きたいと願っている。なのにその願いもかなえられず、すごすごと中国へ送り返されていく。

またたとえ日本への帰国がかなったとしても、彼らはいったいどんな思いで、同胞である我々日本人を見ているだろうか。たぶん、私が引揚船の上で『リンゴの唄』を聞いた時と同じ寂しさを感じつつ、我々を見ているのではないだろうか。確かに我々は彼らの前で『リンゴの唄』そのものは歌っていない。しかし『リンゴの唄』の百番、二百番に相当する歌を、無神経に歌っているに違いない。我々の豊かな生活、我々のゆとりのある笑顔、我々の冷たい態度……すべてが中国残留孤児たちにとっては、残酷な仕打ちなのだ。

中国残留孤児のニュースを新聞で知り、テレビでその姿を見るたび、私の耳の中に『リンゴの唄』が鳴る。この歌を聞いて寂しく思った私の心理は決してひがみでもなんでもなく、極めて普通な、おき捨てられたものの悲しみにほかならない。その悲しみが中国残留孤児たちのすべての胸につき刺さっていることを忘れてはならない。

私は自分の過去を回想することに疲れ、音楽に耳を傾ける。その頃、私が好きだった作曲家を順に言うなら、ベートーヴェン、モーツァルト、バッハ、ブラームス、バルトーク、マーラー、ショスターコーヴィチ、シューベルト、ショパン、ワーグナー、ヴェルディ、プッチーニ、ドビュッシー、フォーレ……。

名曲喫茶「らんぶる」の店内に今流れているのはモーツァルト『魔笛』。第一幕の冒頭でタミーノが「助けて、助けて!」と歌っている。あの悲痛な叫びはそのまま私の叫びだった。

中西夏之のこと

私は炭屋の下働きという肉体労働をやりながら、毎日を半泣きの状態で暮らしていた。非力な私はいつまでたっても荷台に重たい荷物を積んで上手く自転車を運転することができない。

ある日、毎日新聞社前のお堀端を走っていると、自転車の後輪が都電(その頃はまだ走っていた)の線路にはまってしまった。荷台には豆炭の俵がずしりと載っているから、前輪をどっちの方向に向けようと、後輪はびくともしない。するとなんと、うしろから都電が迫ってくるではないか。

私は焦った。が、どうすることもできない。都電はどんどん距離をちぢめてきて、私の背後で「ちん、ちん」とベルを鳴らす。

後輪が線路にはまっているから、スピードを上げることもできない。

万事休す。私はばったり左向きに倒れた。

都電は急停止した。

荷台の俵が地面に落ち、口が割れて、そこから大量の豆炭がどっとこぼれ出た。

お堀端の毎日新聞社前の道幅の広い曲がり角のあたり、真昼の陽光を受けてまぶしく輝くアスファルトの道に、レモンの形をした黒い豆炭があたり一面に散らばった。

私は懸命になって拾いはじめた。

都電はベルを鳴らして急かせる。

車は前後左右からブーブー鳴らす。

見かねて道行く人が手伝ってくれる。

道路上にばらまかれた黒い豆炭の数々が、私はそれらを這《は》いつくばって見たのだが、『七人の侍』（黒澤明監督）の農家の床にこぼれた米粒の一つ一つのように、涙のせいか陽光のせいか、きらきらと輝いていた。

こんなこともありついに音《ね》を上げた私は、先輩にお礼を言い、炭屋の下働きをやめた。

私の足はふらふらと大井町の「らんぶる」に向かった。なぜ大井町か？

九段高校に通っていた時は品川の荏原に住んでいたから、音楽が聴きたくなると大井町の「らんぶる」に行った。その店も神田と同じく黒い柱と壁に白い漆喰《しっくい》の造りで、いかにも名曲喫茶にふさわしい落ち着いた雰囲気だった。そこのレジを担当しているウェイトレスに私は惚れていたのだ。その女性、七つ年上の二十六歳で名前は洋子といった。マイクを通して楽曲や演奏家の名前をもの慣れた調子でアナウンスするのを聞いているだけで私はうっとりとした。まだ好きだとは告げていなかったが、その理由は簡単、自分にあまりに自信がないからだった。でも、顔が見たい。そんな思いで来たのだった。

この店で知り合った青年がいた。お互いによく顔を合わせるうちに挨拶を交わすようになり、九段高校の同窓ということで親しくなり、名字まで同じということで仲良しになった。彼の名前は中西均。私より一歳上で、一年浪人して入った早稲田大学の一年生だった。

店に入ると、サン・サーンス『ピアノ協奏曲第三番』が流れている。

「均さん来てるの？」

洋子に私は小声で尋ねた。この曲は均さんが大好きな曲だからだ。

洋子は二階を目で指しながらうなずいた。

足音を忍ばせ、名曲喫茶では足音高く歩く人はいない、二階にあがってみると、スピーカーの真ん前の席で音楽を浴びるように聴いている長髪の男がいた。均さんだ。

サン・サーンスが終わったところで、私は言った。

「俺、寝るところがないんだけれど、しばらく泊めてくれないかな」

「ああ、いいよ。ずうっとってわけにはいかないけれど、しばらくなら大丈夫だよ。うちには若い工員たちが大勢いるからね。誰が誰だか分かりゃしないよ」

均さんは大井町にある中西工具店の息子だったのだ。

「ありがとう」

私はほっと胸をなでおろした。

その日から私は中西工具店の布団部屋に寝ることになった。夜遅くまで私たちは文学や音楽について語り合い、尽きることがなかった。均さんはサルトルをよく読み込んでいた。私はカミュのほうが好きで、時々激論になることもあった。寝る場所もないくせに文学談義に熱くなるとは、まったくもって青春というものは無謀なものだ。

朝起きて、二階の廊下にある洗面台に向かって歯をみがいていると、

「おはよう」

と言って歯をみがきはじめた人がいる。

長髪を額にたらし、眼光鋭くじっと前を向いている。

「おはようございます」

私はおずおずとお辞儀をした。

「見かけない人だね。君は新しい工員さん?」

「いえ、違います。均さんの友人です」

「あっそう。均の兄の夏之です。よろしく」

「よろしくお願いします」

「君のお名前は?」

「中西といいます」

「へえ、中西君……どこの出身?」

「父も母も出は石川県です」

「ひょっとしてうちの親戚かなあ。うちは福井なんだ」

歯をみがきながらぼそぼそとこれらの会話を交わしたのだが、みがき終わると、

「アトリエに遊びに来てもいいよ。今丁度ひと仕事終わったところなんだ」

夏之さんはにこっと笑った。

天の岩戸

中西夏之さんとはどういう人か、手短に紹介しようと思う。

一九三五年、東京に生まれる。

一九五八年、東京芸術大学美術学部絵画科（油画専攻）卒業。

一九六三年、第十五回読売アンデパンダン展に出品。この時の大作『洗濯バサミは攪拌行動を主張する』は美術界に衝撃を与える。

五月、赤瀬川原平、高松次郎らと共にハイレッド・センターを創設。その命名の由来は、三人の名前の「高、赤、中」をそのまま英語にしたものだが、発会式のテープカットは岡本太郎がした。彼らは様々なイヴェントや行動によって、なにが芸術でなにが芸術でないかを根本的に問いかけようとした。オリンピックを前にして警戒が強まる東京の路上、電車の中、ホテルなどの日常的な場所で非日常的な行動を行う。「首都圏清掃整理促進運動」では、参加者全員白装束で、道路を掃き清め、マンホールの蓋を丁寧に磨く。「ドロッピング・イヴェント」では、御茶ノ水・池坊会館の屋上から衣類・カバンなどを投げ落とす。「敗戦記念晩餐会」では、観客を晩餐会に招待し、主催者だけが食事をとる。「シェルタープラン」では、招待状を持った観客をホテルの一室に呼び、上下左右から全身を撮影し、全身を採寸する（観客の中には、オノ・ヨーコなどがいた)。こういった過激なイヴェントは美術界だけではなく、マスコミを通して日本中の話題となった。

一九六五年、土方巽、大野一雄らの舞踏との協力関係がはじまる。

一九六七年以来今日まで、数多くの個展を重ねる。『正面の絵　緩やかに　ひらかれてゆくとき』『山頂の石蹴り』『着陸と着水、舞踏空間から絵画場へ』『白く、強い、目前、へ』『広さと近さ――絵の姿形』『二箇所――絵画場から絵画衝動へ』『Halation・背後の月　目前のひびき』『カルテット　着陸と着水X』……といった一連の詩的なタイトル。そこには哲学が絵画的イメージとなり、そして言葉と遭遇した危うさと希少さが漂っている。にもかかわらず鋭利な刃物のようにこちらの魔性に襲いかかってくるのだが、それはそのまま彼の作品にたいしても言えることだと思う。むろんその作品は国内はいうにおよばず、ニューヨーク、サンフランシスコ、デンマーク、デュッセルドルフ、オックスフォード、パリ……など世界各地で紹介され、また所蔵されもしている。ほかにリヨンオペラ座のオペラ『三人姉妹』のための舞台美術を担当したり、電通本社ビルのために『汐留のための「4ツの月」』という作品を提供している。手近なところでは六本木の森美術館、今なら東京ミッドタウンの一階に行けばその作品を見ることができる。

一九九六年から二〇〇三年まで東京芸術大学美術学部絵画科教授を務めた。

中西夏之は一九六〇年代という日本の現代美術の転換期にあっては前衛美術の旗手であり、後には抽象絵画における日本の代表選手となり、今や世界が認める巨匠である。

この中西夏之その人が私の隣で、首にタオルだったか手ぬぐいだったかは忘れたが、とにかくそういうものをひっかけて、歯をみがいていたのである。一九五八年の春、夏之さん二十二歳の時だった。

夏之さんはいつも深くものを考えている風で、じっと前を、しかもはるか遠くを見つめていた。しかし人と話をする時は、相手の目をしっかりと見る。そのまなざしには有無をいわせぬ真剣さがあった。

「今朝、あなたのお兄さんに会ったよ。アトリエに遊びにきてもいいよって言っていたけど、絵描きさんなの？」

私は均さんに言った。

「ああ、夏之ね。俺の兄貴だよ。この春、芸大を卒業したばかりの、うーん、画家かなあ。画家志望は確かだけれど、まだ画家になりきっていないというか、いやもうすでに画家以上というか、そういったところだね。しかし弟の目から見ても彼の才能は凄いと思うよ。なんだったら今からアトリエに行ってみようか」

夏之さんのアトリエは離れの一軒家で、芸大生がアトリエとして使っていたものとしては立派なものだった。

均さんと二人、入っていくと、

「やあ、いらっしゃい」

夏之さんはにこりと笑った。

見れば、二百号もあろうかという木枠にキャンバスを張り付けているところだったので、

「お手伝いしましょうか」

と言ってみたのだが、

「いや、いいの、いいの。その辺の絵でも見ていてください」

夏之さんは絵の具のついた指にはさんだ煙草から立ち上る煙に顔をしかめ、独り言を言いながら作業を進めていった。

「兄貴の絵はアブストラクトだからね、難しいんだけれど、その突き抜けたような難しさが俺は好きなんだ」

均さんはそう言って私を案内してくれた。

アトリエには大小の描きかけの絵が、すべてが抽象画でなにを描いているのかにわかにには分からないが、ところ狭しと並べられていて、乾ききらない油絵の具の匂いがつんと鼻に来た。

そんなアトリエの中にたった一点、具象画があり、無造作に壁に立て掛けられていた。

「これも夏之さんの作品ですか」

「ああ。それは卒業制作のために描いたものでね、題は『天の岩戸』というんです」

五十号くらいの薄暗い色調の作品。手力男命《たぢからおのみこと》とおぼしき筋骨隆々たる男が今しも天の岩戸を開けようとしているところで、わずかにできた隙間から光がのぞいていた。

翔べ！　わが想いよ

中西夏之ファンは多いと思うが、彼の具象画を見たことのある人はそういないのではないか。芸大卒業制作のための作品『天の岩戸』、現在は、めぐりめぐって夏之さんの手許に戻ってきたというが、ぜひもう一度見たいものだ。

ファンといえば、東京都知事の石原慎太郎さんもそうだ。

私が逗子の、石原さんの家にほど近いところに家を建てたのは一九九六年の春のことだった。石原さんは政界を引退し、小説『弟』を書いている時期だった。散歩がてらによく私の家に遊びにきたものだ。

私の家のサロンには、中西夏之さんの『作品—たとえば波打ち際にて』というℓ《エル》・シリーズの油絵、F百三十号の大作がかかっている。一九八四年の西村画廊での個展を見た際に、分不相応と知りつつ手に入れたものだ。夏之さんの作品は、以前から欲しくてたまらなかったのだが、借金をかかえていたせいでどうにもならなかった。それが丁度その頃、借金をきれいに完済していたので、ついに念願かなって買うことができたのだった。むろん夏之さんが画廊に話をしてくれて大負けに負けてもらったが……。

この絵は、中西夏之さんの代表作の一つで、一九八九年軽井沢の高輪美術館（現セゾン現代美術館）での個展の際には、我が家から貸し出しをしたほどのものだ。その時のポスターの絵がつまり私が所蔵する絵なのである。（えへん！）

石原さんが初めて我が家に遊びにきた時である。サロンに入って、壁にかかっている絵を見るなり、

「中西夏之じゃないか」

と言って、絵の前に立つと、しばらく動こうともしなかった。

「へえ、礼さん、あんたは中西夏之が好きなの」

妙に感心され、この絵のせいで一目置かれたような感じだった。

その時、石原さんの目がきらりと、ややいたずら小僧っぽく光ったのだが、その意味は分からなかった。

で数日後、今度は私が石原家を訪ねてみると、なんと石原家のサロンにも中西夏之作品があるではないか。五十号くらいの油絵が二点。

「あっ、中西夏之だ」

私は思わず叫んでしまった。

斜めにかけられた絵の中で、垂直に垂れ下がっている鉛の重りと、その下から垂直に燃え上がるロウソクの炎が触れ合っている。『炎と下振《さげふり》』、一九六七年頃の作品だ。

「どうだい、礼さん。俺の絵のほうがあんたのところのよりもいいだろう」

自慢したがりやの石原さんらしい言葉が返ってきた。

我が家の夏之さんの絵を見た時、「俺も持っているよ」と言えばいいのに、そうは言わず、こうして私をびっくりさせるところが心憎かった。石原さんの目がなにやらきらりと光った理由はこれだったのかと、私はやっと腑に落ちた。

「俺は今、弟（裕次郎）のことを書いているけどね、礼さんあんたも兄貴のことを書けばいいじゃないか。さんざ苦労したんだろう。それをとことん書けばいいんだよ。ただし、中西という実名で書くんだよ」

私はこのあとすぐ『兄弟』という小説を書くことになるのだが、その時、一人称語り手の名前を中西禮三としたのには、決してほかの名前にするなという石原さんのアドヴァイスがあったからなのだ。

作家の村松友視さんも夏之ファンの一人だ。

一九八九年、私が『翔べ！　わが想いよ』という自伝的エッセイを出版したのだが、その本の装丁を私は夏之さんにお願いした。夏之さんは快く受けてくれて、素晴らしいものができあがった。

本の装丁を見て、

「装丁中西夏之？　信じられない」

「お願いして描いてもらったんだ」

「まさか親戚？　じゃないよね」

「親戚じゃないけど、昔からの知り合いなんだ」

「なかにし礼と中西夏之がどこでどうつながるわけ」

歌謡曲の作詩家と抽象絵画のカリスマがいったいどうして……。

実に不思議そうな顔をした。

村松さんは、中央公論の編集部にいた頃は「海」という雑誌を担当していた。その雑誌の表紙の絵を村松さんは夏之さんに依頼していて、月に一度、夏之さんの家に原画を受け取りにいっていたというのだから、驚くのも無理はなかった。

この時も、私は村松友視さんから一目置かれたような感じだった。

村松さんは、私のエッセイを読むと、

「このエッセイの中には小説の鉱脈がいっぱい隠れている。なかにし礼の書いた小説をぜひ読んでみたい」

と言い、数日後、文藝春秋「オール讀物」編集長の鈴木文彦さんを紹介してくれた。鈴木さんは名伯楽として知られていて、数々の直木賞作家を世に送り出している。

村松さんはそうまでしてくれたのである。

私は村松さんの友情と優しさに頭の下がる思いだったが、いざ書くとなると、一行もペンが進まないのだ。

作詩家の頭では小説は書けない。

それを痛感した私は古今の名作を読み直して、小説とはなにかを一から勉強しなおした。

小説『兄弟』を「オール讀物」に連載したのは一九九七年、本になったのは翌年である。頭の改造に八年かかったことになる。

洗濯バサミと風

中西工具店の人たち、つまり夏之さんや均さんのご両親がおおらかなお人柄だったお蔭で、私は、出たり入ったりであったが、けっこう長い間布団部屋での居候をつづけていた。

夏之さんが、環状の山手線内における行為を作品として世に問うたり、ハイレッド・センターを設立して美術界の話題を集めるのはまだ先のことで、その頃は、自分の絵画と真に出会う前の瞑想の時期にあったといっていいかもしれない。

「行ってもいいですか」と尋ね、「いいよ」と言われたら遊びにいくのだが、アトリエにはいつも得も言われぬ柔らかい雰囲気が漂っていた。それはたぶん、それまで夏之さんが思考に思考を重ねたことで張りつめていた室内の空気が、その思考を中断したことで一挙に弛緩し、そのことによってもたらされたものではないだろうか。

夏之さんには、右手の親指と中指ではさんだ煙草の先の灰を人差し指で落とすという器用な癖があったが、そんなことをしながら優しい声で言う。五十年前に、どんなことを話しあったかは忘れてしまったが、後に交わした会話を思い出して書いてみる。

それはこんな風だ。

「『洗濯バサミは攪拌行動を主張する』という作品は五十号のキャンバスを七つ連ねたものでね、今はね、東京都現代美術館にあるんだけれど常設されているわけではなく、展示が終わると、洗濯バサミを全部外してしまっておくの。で、次の展示の時には学芸員の人が洗濯バサミをとりつけていくんですよ。他人の手が入るということはね、その偶然性の導入にある種の意味があるわけね、ポンピドゥーセンターの時はぼくが自分でとりつけたんだけどね、洗濯バサミは全部で一万個くらいかな。あの作品はみっちりといった印象だけではいけないんだな。なんというか、無数の洗濯バサミの間を風が通り抜けるさわやかさというか、そう、風……風が大事なんだな。なぜ洗濯バサミかというと、実はヒントがあってね、そう、うちは工具店やってたから、オートバイに乗って人がよく来るんだよね、ふと見ると、オートバイのエンジンに洗濯バサミのようなものがついている。エンジンの機能を高めるための器具らしいんだけど。つまりオートバイはこの器具によってよりスピードをあげ、風を切って走るというわけね、だからぼくにとって洗濯バサミには風のイメージがあるんだな。うん、風なんだな……」

偶然性の導入という言葉で思い出したが、夏之さんが「白」の作品に集中していた頃のある日、ラジオからシュトックハウゼン（一九二八〜二〇〇七。現代ドイツにおける指導的前衛作曲家であり理論家。電子音楽やミュージック・コンクレートなどの作品で世界的反響を呼ぶ。初めて、偶然性を音楽に導入した）の合唱曲のようなものが流れていた。南ドイツ放送が企画した『ヨーロッパの新しい音楽』という番組をＮＨＫが放送していたものだと思う。

音楽が終わると、アナウンサーが、

「ただ今お送りしましたのは、シュトックハウゼンの『韻』という作品です」

それを聞いた夏之さんは、

「そうだ。この白の連作は『韻』というタイトルにしよう」

と言い、櫟《くぬぎ》画廊で白い作品ばかりの『韻』という個展を開いた。これこそまさに偶然性そのものではないだろうか。

アトリエに遊びにいき、夏之さんの独り言のような言葉を聞いているのが私は好きだった。いつの間にか均さんを抜きにして、私は夏之さんの友達になっていた。個展の搬入を手伝ったり、ハイレッド・センターのイヴェントがあれば観客として駆け付け、とにかくまわりにうろうろしていた。

土方巽の暗黒舞踏というものを初めて見たのもその頃である。むろん夏之さんの影響による。そういういきさつがあったから、一九七〇年頃、唐十郎の状況劇場から『大人のための紙芝居』を書いてみないかという誘いがあった時は、私は流行歌の作詩家として売れていて、アングラ芸術との縁は薄かったのだが、一も二もなく承諾して『丹下左膳暁のG線上に死す』(辰巳四郎・絵)というのを書いた。確か寺山修司も書いた。で、その紙芝居を朗読したのが、土方巽の弟子、麿赤兒であった。

麿赤兒さんとはその頃からの仲なのである。

私がTEPCO一万人コンサートで『世界劇』をやることになった時、いの一番に参加を求めたのは麿赤兒と大駱駝艦《だいらくだかん》だった。そして彼とその一統の協力のもと、年に一回の『世界劇』も今年で十七回目を迎えた。実質的には二十年が経っている。

夏之さんがあんなにも応援した土方巽の弟子の麿赤兒は大駱駝艦という弟子たちを引き連れ、

暗黒舞踏をBUTOという名で世界に認知させるまでに成長した。そんな麿赤兒と私が一緒に仕事をしているところを見たら、きっと夏之さんも感慨深いものがあるのではないかと思い、『世界劇・黄金の刻』にお誘いしたら、武道館まで足を運んでくださった。

数日後、お手紙をいただいた。失礼ながら一部を紹介させていただく。

「……麿赤兒とその一団と礼さんとの協力、素晴らしく感じました。土方巽が見ていたら、麿よくやったと、和太鼓との協演による一つのクライマックスのところで泣いてよろこんだでしょう。……」

シャンソンとの出逢い

中西夏之さんの家に居候をしていた丁度その頃だ。ある日、神田神保町の名曲喫茶「らんぶる」にぶらりと入っていくと、中山さんがいた。中山さんは九段高校柔道部の一年先輩で、立教大学の英文科に通っている。

中山さんが言った。

「面白いものを聴かせてやろうか」

「なんですか、面白いものって？」

「シャンソンだよ」

「シャンソン？」

「ああ、そうだよ。クラシックだけが音楽じゃないってことが分かるから。まあついて来なよ」

中山さんは私をあとに従えて、「らんぶる」のすぐ近くにある「べコー」という名の喫茶店に入っていった。

店内では、名曲喫茶とはがらりと雰囲気の違う客たちが静かに音楽を鑑賞していた。名曲喫茶にいる客は大抵は学生で、ほとんどが髪を伸ばして額に垂らし、それを時々上にかきあげながら低い声で話をする、というのが一緒のパターンだったが、このシャンソン喫茶の客たちはみなどことなく垢抜けしていた。たとえば、タートルネックのセーターの上にコーデュロイのジャケットを着ているとか。ちょっとキザな感じもあった。

中山さんが説明してくれた。

「ここはシャンソン喫茶でね、シャンソンの愛好家たちがみんなこうしてコーヒーを飲みながら、フランス直輸入のレコードを聴いているのさ」

私はもの珍しさにただ目を丸くしていた。

「まずはこれを聴きなよ」

そう言って、中山さんがリクエストしてくれた曲に私は聞き入った。

心にしみ入るような低い声。詩的な音調。憂愁にみちた余韻。フランス語の意味は分からないが、私は泣き出したいような思いになった。

「いい歌だね。なんていう歌?」

「ジャック・プレヴェール作詩、ジョセフ・コスマ作曲の『枯葉』。歌っているのはジュリエット・グレコ。実存主義者の女王だよ」

それまでも『枯葉』という歌は、高英男の歌で聞いていたが、全然違うものに聞こえた。

「いいねえ」

私は溜め息まじりに言った。

「いいだろう」

中山さんは得意げだ。

「本当、クラシックだけが音楽じゃないね」

私の知らない曲が次から次へと流れてくる。

『パリの空の下セーヌは流れる』『群衆』『パリ野郎』『メケ・メケ』……どれもが私に新鮮な感動を与えてくれた。

思えば、中山堅太郎(元、電通スポーツ文化事業局企画推進部長)さんという人は私にとって奇妙な因縁のある人だった。

そもそも、私がなぜ九段高校の柔道部に入ったのかというとその理由は中山さんだった。入学式の日、運動部の各代表が壇上に上がって新入生たちを勧誘するのだが、その時の中山さんの演説が実に魅力的だった。その内容は憶えていないが、とにかく堂々としていてカッコ良かったのだ。

青森にいた時分、母が恋した男が、といってもむろん不倫だが、柔道六段の偉丈夫で、その人に勧められて柔道場に通ったことがあり、私には多少なりとも心得があったということも理由の一つかもしれないが、中山さんの演説が魅力的でなかったら、柔道部には入っていなかったであろう。

しかし入ってみると、稽古はやたらと厳しい。たとえば靖国神社境内の石畳の上に十回以上も投げ飛ばされたり、柔道着を着たまま皇居一周を走らされ、三十分を切れないとまた一周。三周走らされたことがある。軍隊みたいな上下関係はうっとうしいし、私は少しも楽しくなかった。おまけに夏休み直前に、稽古の最中、三年生にはね腰で投げられ、受け身を取ったのだが、大きな身体の下敷きになって左の鎖骨を折ってしまった。治るのに三か月かかった。それでもやめなかったのは中山さんともう一人、武田明倫（武蔵野音楽大学教授・故人）さんという人がいたからだろうと思う。

私が入った時、彼らは二年生だったのだが、稽古が終わるといつも二人は連れだって消えていった。どこへ行くのかは分からないが、その秘密の匂いが気になって仕方がない。

「中山さん、毎日、武田さんとどこへ行ってるんですか？」

「らんぶるだよ」

「らんぶるってなんですか？」

中学三年生の冬に青森から上京したばかりの私はなにも知らない田舎ものだった。

「喫茶店だよ」

「喫茶店でなにしてるんですか？」

喫茶店に入るなんて、不良のすることだと私は信じていた。

横から武田さんが笑いながら答えた。

「音楽聴いてるんだよ」

「喫茶店で音楽？　どんな音楽ですか？」

「クラシックに決まってんだろう。ベートーヴェンとかモーツァルトとかさ」

「えっ、本当ですか。ぼくも連れていってください」

「お前、音楽好きなのか。よし、連れていってやる」

中山さんと武田さんは、神田神保町にある「らんぶる」に私を連れていってくれた。

ドアを開けて中へ入ると、いきなりベートーヴェンの『七番シンフォニー』が怒濤のごとく襲ってきた。

「へえ、こんなところがあるの。さすが東京は違うなあ」

私はたまげたが、嬉しくてならなかった。

名曲喫茶「らんぶる」

中山さんと武田さんは物慣れた感じで店内に入り、ゆったりとしたソファーに腰を下ろすと、当たり前のように煙草を取り出し火をつけた。

この人たちは高校二年生ですでに大人だ、と私は感心してしまった。

「お前も吸うか？」

中山さんが投げてよこした青い箱には「Peace」と書いてあった。それを手にしたまま私がたじろいでいると、

「お前、煙草吸ったことないのか」

「ええ、ないです」

「最初はくらっとするけど、別にどってことないよ。吸ってみな」

私は青い箱から取り出した一本を口にくわえた。なんとも言えない甘い匂いがした。

が、火をつけ一息吸った途端、ごほごほと咳き込んだ、眩暈《めまい》がした。

「はっはっはっ、大丈夫だよ。こんな時は味噌汁を飲んだら一発で効くんだけどな。まあいいや。つづけて吸ってみな、だんだん味が分かってくるから」

目には涙まで浮かべ、煙を肺の奥まで送り込むと、自分の身体が、大人の世界というか、とにかく未知の空間に向かって浮遊していくのが感じられた。それはまさしく快感だった。

こうして私は煙草を覚えた。そしてクラシック音楽にのめり込んだ。

放課後、柔道部の稽古が終わると、名曲のひと節を口ずさみながら九段坂を下り「らんぶる」に駆け込む。レジで聴きたい曲をリクエストする。コーヒー一杯でLP片面分のリクエストのできる仕組みになっている。がこの時、忘れてならないことがある。それは今日この時間までのリクエストに目を通すことだ。

客はほとんどが常連でみな長居をするときているから、店内に同じ曲が流れないようにすることが暗黙の注意事項なのである。また自分がいくら聴きたいからといって、あまりにポピュラーな名曲を、例えばドヴォルジャーク『新世界』とかチャイコフスキー『悲愴』などをリクエストすると、常連たちの舌打ちにさらされることになる。

「そんな曲は聴きあきているだろうに。もっと勉強しろよ」

叱責が聞こえてきそうな雰囲気だ。

こうやってもまれもまれて、私もいつしか「らんぶる」の常連になった。

家は貧しく、昼飯代にも事欠くような生活だったが、その昼飯代をコーヒー代にまわして「らんぶる」には通いつめた。

私を柔道部へ導き、私に「らんぶる」を教え、煙草を教え酒を教え、シャンソンを教えてくれた。中山さんはまさに青春期の水先案内人だった。

中山さんからシャンソンの洗礼を受けてしばらく経ったある日、「ベコー」という店に行ってみると、閉店の札がかかっていて、「ジロー」と名を変えて御茶ノ水駅前に移転したとある。御茶ノ水駅前の市ヶ谷寄りの角に「ジロー」はあった。洒落たデザインの立派な喫茶店である。

入ろうとすると、

「いらっしゃいませ」

透明の大きなドアが向こう側へ開いた。

ドアを開けたのは白ワイシャツに蝶ネクタイのボーイなのだが、なんとそれが中山さんだった。

「中山さん、なにやってるんですか?」

「アルバイト」

「どうして?」

「金がないから。ここだと、金がもらえて、朝から晩までシャンソンが聴けて一石二鳥だから」

「なるほど、最高のアイディアですね」

感心している間もなく次の言葉が口をついて出た。

「ねっ、中山さん、そのアルバイト、ぼくもやりたいんですけど、仲間に入れてくれませんか」

「ああ、いいとも」

中山さんは私を二階の事務所に連れていき、オーナーの沖さんに紹介してくれた。

中山さんの保証もあって、私はその場で採用となった。

「お前、この金持ってデパートへ行って、白いワイシャツと蝶ネクタイを買っておいで。といってもこの金はあげるんじゃないよ。前借りだよ」

これが、その後この事業をモーツァルト・チェーンにまで拡大し、ジロー・オペラ大賞などを制定した沖広治さんとの最初の会話であった。

私は言われたとおりデパートへ行き、白ワイシャツと蝶ネクタイを買った。蝶ネクタイの結び方も中山さんから教わった。

こうして私は、シャンソン喫茶「ジロー」のボーイになった。時給二十三円である。

最初の仕事はドアボーイ。

透明ガラスのドアだから、こちらから外が見えるし外からもこちらが丸見えである。猛烈に恥ずかしい。客が来たら、「いらっしゃいませ」と言ってドアを開けるのだが、この「いらっしゃいませ」がなかなか言えない。声が出ないのである。ドアの前を顔見知りが通ったりするとうつむいてしまう。がそれも日を追うごとに慣れてきて、やがてごく自然に「いらっしゃいませ」と快く客を迎えることができるようになる。

しかしなんといっても嬉しいのは、朝から晩までシャンソンが聴けることだった。エディット・ピアフ、ジョルジュ・ブラッサンス、ジルベール・ベコー、レオ・フェレ……彼らの歌うシャンソンを聴きながら、私はドアの前で恍惚としていた。

シャンソン喫茶「ジロー」

御茶ノ水駅前のシャンソン喫茶「ジロー」は大当たりだった。壁にはモダンアートのリトグラフが飾られ、大きな一枚ガラスのむこうには竜安寺の石庭を模《も》した中庭があり、店内のデザインはかなり垢抜けていた。音響も良い。シャンソンのレコードコレクションも豊富だ。近くに文化学院やアテネ・フランセがあるという場所柄もあって、知的でお洒落な客がひきもきらなかった。

ドアボーイに慣れたら、次は水差しだ。銀色のピッチャーと呼ばれる水差しを右手に持ち、各テーブルを回ってグラスに水をついで歩く。ピッチャーの持ち方は、普通に柄の部分を握るのではなく、手の平を胴体にあて、親指を柄の上部に添える。

「この持ち方だと、水を差す時に肘が張らず、品がいいんだよ」

と中山さんは言う。

水差しに慣れ、ひととおり店内の地理というか間尺を会得した頃になると、こんどは、下げるという仕事をやらされる。テーブルから飲み終わったカップやグラスを引いてくることだ。

「銀盆は、左手の親指、人差し指、小指の三本で支えるんだ」

中山さんが三本の指を立ててやって見せてくれるのだが、私にとってはなかなか難しい。

「最初のうちはぎこちない感じがするだろうけど、三日も練習すれば、結局この三点支えが一番安定性に優れていることが分かるだろう。手始めに、中西、あの奥の客、飲み終わったようだから、下げておいで」

中山さんが顎をしゃくったほうを見ると、一人の男が足を組んで本を読んでいる。

私はおずおずと近付き、

「よろしいですか?」

小さな声で尋ねると、客はうなずく。

コーヒーカップを皿ごと持ち上げると、手のふるえで、カタカタと鳴る。

それを銀盆の上にようよう載せて、息も絶え絶え、ふらふらと帰ってくる。

「はい、よくできました。次は、あそこの二人の客のテーブルから下げてきな」

二人分から三人分、三人分から四人分、と食器の数を順に増やしていくうちに、銀盆のあつかいに不安がなくなる。ついには山のように食器を積んで平気で歩けるようになる。

そうなって初めて、客にサービスする仕事を与えられる。

「いらっしゃいませ」

テーブルに水の入ったグラスをおく。

「ご注文はなにになさいますか？」

「コーヒー」

「はい。かしこまりました」

カウンターの前に行き、

「ワンホット」

と告げ、銀盆の上に皿とスプーン、シュガーポットとミルクの入った小さなピッチャーを用意する。と同時に、コーヒーのつがれたカップが出てくる。

それを銀盆に載せ、こぼさないように細心の注意をはらいつつ客席まで運び、慣れた手つきでテーブルにおく。

これでやっとボーイらしきものになったことになるのだが、このサービスという仕事も客の少ない順に対応することによって日々上達していく。そのうち、七、八人の客のオーダーを一度聞いただけで、「はい。かしこまりました」と言えるようになる。決して注文は間違えない。このくらいの集中力とプライドをもって働くと、ボーイという仕事もけっこう面白い。しかも、なんてったって店内にはシャンソンが絶え間なく流れている。ジョルジュ・ブラッサンス、レオ・フェレ、アンドレ・クラボー、シャルル・アズナヴール……初めて聴く歌があり、それらの歌の素晴らしさに目のくらむ思いだった。

二階には客席のほかに事務所と従業員のための休憩室があった。三畳間の小さな部屋だったが、そこにはご飯と沢庵と味噌汁が用意されてあり、おかずだけ買ってくれば、ご飯は何杯でもおかわりができた。戦後、腹いっぱい飯を食ったのは「ジロー」が初めてだったかもしれない。

将来の作家志望、画家志望、日航のパーサー志望と、いろんな若者がそこで働いていたが、仲良しになったのは、中山堅太郎さんは当然として、画家志望の住井義央（日頃から敬称は略しているのでこの際も略す）と同じく画家志望の森山裕之さんだった。

「ジロー」には宿直制があり、カウンターで働くものが順番にそれを勤めていた。その時、他のものを泊めることは禁じられていたのだが、森山さんだけはその規則を破ってくれた。

お茶の水界隈で飲んでいるうちに終電がなくなり、帰る方途を失った私たちは「ジロー」のドアをがんがんとたたく。それでも起きてこない時は、塀をよじのぼって二階の休憩室の窓をたたく。すると森山さんが起き出してきて、

「ようこそいらっしゃいました」

と私たちを中へ招じ入れてくれる。

私たちは店のウイスキーを飲み、冷蔵庫の卵とパンを失敬してサンドイッチを作って食べる。ハムもある。なんでもある。

各人それぞれが、日頃から一度じっくりと聴いてみたいと思っていたレコードを取り出して、ターンテーブルに載せ、心ゆくまで聴く。そしてシャンソンについて熱っぽく語り合う。

いつしか外は白々《しらじら》と明けてくる。

レオ・フェレの『悪の華』を聴きながら、そのままソファーに寝てしまうものがいる。

私は、自分が将来、シャンソンと深くかかわりあうという予感は微塵《みじん》もなかった。ただただ、これら巴里の流行歌が愛しくてならなかった。

大いなる邂逅

年が明け春になった。

私は立教大学の英文科を受験して、合格した。貯金をはたいて入学金を払った。朝、学校に行き、帰りに「ジロー」で働くという生活に耐えたが、身体がきつかったことよりも金のつづかないことが原因で、夏休みを待たずにあえなく停学となった。まったく金の無駄遣いだったなあ。かくして私の十九歳は終わった。

二十歳になった日のことは今でも忘れない。

別れた女が、名前は仮に洋子としよう、私の誕生日を憶えていてくれて、「ジロー」に会いにきたのだ。

休憩時間に、私は蝶ネクタイを外してジャケットをはおり、洋子の前に座った。

洋子は、ボーイとして働いている私を哀れむような目で見た。

「大変そうね」

「それほどでもないよ」

「突然来ちゃってごめんなさい」

「いや、久しぶりに会えて嬉しいよ。洋子は元気なの？」

「元気ないわ……」

あとは分かって、という表情をした。ものすごい美人というのではないが、憂いをふくんだ知的なまなざしの女だった。

洋子は、戻ってきてくれと言う。

それはできない、と私は言う。

洋子は、私を姉のように庇護し、大学にも行かせたいと言う。

そんな生活はプライドが許さない、と私は言う。

洋子は私の初めての女ではないが、初めて私に女の肉体の神秘を教えてくれた女だった。それだけに私には未練がたっぷりあるのだが、この提案に乗るわけにはいかなかった。洋子は大井町「らんぶる」のレジ係をしていて、私は彼女に惚れて、その店に足繁く通っていたのだ。中西夏之さんの家に居候していた頃だから、私には家がない。

そんな私に洋子は一夜の宿を提供してくれたのだ。

こうして十九の私と二十五の洋子はつきあいはじめたのだが、洋子にはどことなく暗い影があった。

その理由がある日分かった。洋子には彼氏というか、妻子持ちの旦那がいたのだ。医者とか言っていた。

まだ未熟者の私には嫉妬する資格はないものと決めていたが、どうにも納得がいかず、私は思い悩んだ。その男と別れてほしいが、洋子の余裕のある生活はその男によって支えられている。その男の代わりを私ができるわけがない。

「私たちが愛しあうのに、あの人の存在はなんの支障にもならないわ」

と洋子は言う。

「いや、なんか不潔だ」

若い私は相手を傷つけることを言い、そのまま別れてしまった。

その洋子が、私によって傷つけられた悲しみを癒してほしいと訴えつつ、目の前にいる。

私だって大学は行きたい。奨学金をもらって行くのなら願ってもないことだが、洋子の援助によって、ということは間接的に洋子の旦那の世話になることだ。進学することには抵抗があった。

しかし現実の私は喫茶店のボーイであり、それ以上でも以下でもない。これはあくまでもアルバイトであり、将来の夢はもっと大きなものだ、と口でいくら言ってみたところで、大学にも進めなかったら、その夢はどんどん遠ざかっていくであろう。

「でもなあ、洋子、そんなことをしたら、俺は駄目になってしまうと思うんだ」

私は苦いものを吐き出すように言った。

「そう。分かったわ」

「ごめんな」

「誕生日おめでとう」

洋子はテーブルの上に封筒をおくと、淋しげに帰っていった。中には千円札が十枚入っていた。私はあとを追うことなく、その金をもらった。

洋子とはそれっきり会っていない。

思えば、二十歳の誕生日は、私にとって運命の分かれ道だったかもしれない。

人生にもしもは禁物だが、それでもやはり「もしも」と問わずにいられない時がある。

私の場合は、洋子とのあの時だ。

もし、あの時、洋子の提案に乗っていたら……。その後の私の悪戦苦闘はなかったであろう。有名な作家の中には、若い頃には女の世話になった人がけっこういるではないか。それを思えば、私は潔癖すぎたかもしれない。しかし私はあの時、自分に潔癖であるべきことを誓ったのだ。それは私の持って生まれた資質だったのかもしれない。そうであるからこそ、後に兄のふしだらによって大きな借金をかかえることになっても、結局はそれをきれいに返済する道を選んでしまうのだ。

というわけで、私の大学進学の可能性はなくなった。ならば仕方がない。フランス語を勉強しよう。シャンソンばかりでなく、バルザック、スタンダール、ボードレール、ランボー、コクトーなどフランス文学にも魅せられていた私は、「ジロー」のすぐ近くにあるアテネ・フランセに通いはじめた。

少しでも言葉が分かると、目から鱗《うろこ》が落ちるように、一つ一つの歌がまったく違った姿で立ち現れる。私はますますシャンソンの素晴らしさにのめり込んでいった。

その頃だ。「ジロー」が毎週日曜日の夜に、「シャンソンの夕べ」というコンサートをやるようになったのは。

このことは、今にして思えば、私の人生における大いなる邂逅《かいこう》だったのだが、まだその時はなにも感じていない。

森山裕之のこと

森山さんは「ジロー」のカウンターで働いていた。蝶ネクタイを無造作に結び、ワイシャツを腕まくりして、ドリップでコーヒーを落とし、包丁で巧みにパンを切ってサンドイッチを作っていた。髪の毛を額にたらし、目はいつも遠くのほうを見つめていた。口許に笑みを絶やすことなく、九州なまりで話をする森山さんは従業員全員の人気者だった。

森山裕之は画家志望だった。

生まれたのは一九三六年、熊本。中学生の頃から油絵を始め、高校進学と同時に日本洋画界の重鎮、海老原喜之助に師事する。この巨匠の弟子としてはたぶん最後の一人にかぞえられるのではないか。一九五五年、高校三年の時に二科展初入選。いよいよ意を強くして一九五七年、上京した。そして、アルバイトとして働きはじめたのが「ジロー」だった。

森山さんの志はパリだった。

そのための資金を懸命になって貯めていた。だから着るものには無頓着であり、無駄な遊びもいっさいしなかった。しかし酒を飲めば少しは饒舌になり、ゴッホ、ピカソ、マチスについて、またその頃、世界を騒がせていたパウル・クレー、サム・フランシス、モンドリアン、ポロックなどの抽象画家たちについて熱く語った。さすがに画家の見ているところは違っていて、そういう話を聞くたび、実に勉強になったものだった。

「私は絶対にパリに行くのです。そこでかならず世界をうならす画家になるのです」

彼はシャンソンも、特にシャルル・トレネとジョルジュ・ブラッサンスを愛していた。フランス文学もよく読んでいた。カミュが好きで、その点では私と話が合った。

森山さんの熱い情熱は私たち「ジロー」でアルバイトをする若者全員に共通するものでもあったのだが、森山さんのそれはひときわ熱く、それによって私たちも奮起させられていたと言っても過言ではない。

最近、池澤夏樹さんの個人編集による世界文学全集（河出書房新社）が出版された。その第一回配本はジャック・ケルアック『オン・ザ・ロード』なのだが、この作品が『路上』（福田実訳）というタイトルで同社から最初に翻訳出版されたのは一九五九年である。その時、その本の装丁をしたのが若き日の森山裕之であった。私はその本を「ジロー」の休憩室で見せてもらったのだが、赤と緑と黄色を配した大胆な構図の抽象画で、絵が放つエネルギーと迫力に圧倒されたものだった。「ジロー」にはこんな男が働いていたのだ。

その森山さんが、一九六三年、ついに渡仏するという。

私はシャンソンの訳詩で食べていけるようになっていて、「ジロー」をすでにやめていたが、森山裕之ファンは全員集まって、新宿の飲み屋で歓送会をやった。

森山さんは貨物船に乗り、フランスへ渡っていった。

それから時は流れ……。

一九六七年の一月、私は渡辺プロダクション社長の渡辺晋さん（故人）、副社長の渡辺美佐さん、作曲家の宮川泰さん（故人）、作曲家の川口真さんたちと連れ立ってヨーロッパへ旅立った。渡辺プロのために貢献したといういわばご褒美旅行であった。カンヌでの音楽世界市場（ミデム）に参加し、パリ、ローマ、ラスヴェガス、ニューヨークで遊ぶという豪華な旅だった。

そのパリでのことだ。ひょっとしたら、森山さんに会えるかもしれないと思い、美佐さん、宮川さん、川口さんを伴ってモンマルトルの丘に行ってみた。寒い冬の夜だった。

丘の上では大勢の画家たちが観光客相手に似顔絵を描き、絵を売っていた。しかし、森山さんの姿がない。画家の一人をつかまえて尋ねた。

「日本から来ているムッシュウ・モリヤマという画家は知りませんか？」

すると相手は、

「もちろん、彼ならいるよ」

と答え、森山さんを呼びにいってくれた。

「やあ、中西さん、ここで会えるとは嬉しいですね」

森山さんは四年前と少しも変わらぬ風貌だった。私たちはカフェオレを飲みながら旧交をあたため、よもやま話をした。

「私にもやっと画商がつくようになりましてね、近くパリで個展を開くんですよ。今はそのための準備をしているんですが、なあに私だってモンマルトルで終わるつもりはありませんからね。まあ、見ててください」

そう言う森山さんの目はきらきらと輝いていた。

帰りに、美佐さんに一点選んでもらい、それを買って美佐さんにプレゼントした。セピア色で描かれたセーヌ河の風景画だったけれど、あの絵は今どうなっているだろうか。

次に会った時は、それがいつだったのかもう詳しくは思い出せないが、森山さんはフランス文化庁にその才能を認められて、アトリエ付きアパルトマンを提供されるれっきとした画家となっていた。

その後は、パリに行くたびに会っているが、森山さんの活躍はめざましい。一九九五年、フランス・カーニュ国際絵画フェスティバル大賞、九六年、二十一世紀アート大賞、ラ・リューシュ賞、二〇〇七年、吉井賞などを獲得し、現代美術の先頭を歩んでいる。

最近の作品は、極度に無駄をはぶいたモノクロの世界を描いているが、その黒の美しさは絵画史上比類がない。

出発前夜

銀巴里から

毎週日曜日の夜、「ジロー」は「シャンソンの夕べ」というライヴコンサートをやることになった。深緑夏代、寄立薫、金子由香利、石井祥子、東元晃、古賀力などが出演し、日本語でシャンソンを歌った。

私は驚いた。なに、日本語でシャンソン？

しかし聴いてみると、これがなかなかいいんだな。普段聞き慣れているシャンソンのメロディーになんの違和感もなく日本語がのっている。意味が分かるだけでなく、日本語の歌としての楽しさがそこにはあった。

中にはいかにも歌いにくそうなのとか、原詩とはまったく違った内容に変えてしまったのとか、気になる訳詩があった。

そんな時、私はふと考えた。

いったい誰が訳詩をしているんだろう。

東元晃さんに訊いてみると、

「まあ大体は、野上彰、薩摩忠、永田文夫とか名のある人がやってるんだけれど、なあに誰がやったってかまわないのさ。法定訳詩としての権利を求めないかぎりはね。自分で訳詩やっている歌手はいっぱいいいるよ。現に俺だってそうさ」

と言うではないか。

これは後日談だが、東元晃さんはシャンソン歌手のかたわら東音という音楽出版社に勤め、駿河あきらという名で訳詩をしていた。後には、〽昔アラブの偉いお坊さんが……の『コーヒールンバ』やレイ・チャールズの大ヒット曲、〽アイ・キャン・ストップ・ラヴィンニュー、切れた絆……の『愛さずにはいられない』など多数の訳詩を世に送りだした。その後コロムビアレコードの花形ディレクターとして日本レコード大賞曲『喝采』などを制作し、テイチクレコードの社長にまでなってしまった。

「じゃあ、ぼくがやってもいいのかなあ」

「もちろんいいさ。ただし上手くなきゃ駄目だよ」

東元さんの一言を聞いて以来、私の頭の中に訳詩という言葉が絶え間なく鳴り響くようになった。とはいえ、まだ二十歳になったばかり、喫茶店のボーイ風情になにができるというのか。そう自分をいましめて、そのことを口に出すことはしなかった。

「シャンソンの夕べ」が近付くと、私たちボーイは準備にかかる。私はポスター描きをやらされた。中山さんは照明係である。

二階の隅で、大きな紺色のケント紙に歌手の名前を書いていると、金子由香利さんがそばにやってきて言った。

「ねぇ、ボーイさん、私の名前、ちょっとだけ大きめに書いてよね」

私は彼女の歌が好きだったから、その名前をほんの少しだけ大きく、しかも白とか黄色といった明るい色で書いた。すると確かに目立つのである。あれほどの人気歌手になった金子由香利にもこんな昔があったのである。

なぜ私は訳詩をするようになったのか。

ことの発端は、私がこの「シャンソンの夕べ」に出演している石井祥子という歌手にラヴレターを書いたことにある。

石井祥子さんは二十歳前後の愛くるしいお嬢さんだった。にこにこと笑いながら『フルーツ・サラダの歌』などを歌うと拍手喝采だった。この人に私は恋心を抱いたのである。

シャンソン歌手といえば高嶺の花のような存在なのに、よくもそんな真似ができたものだと言われそうだが、それには一応理由がある。どういう話の流れなのかは忘れたが、「ジロー」でボーイのアルバイトをやっている立教大学生の堀川建一という男が祥子さんと仲良しで、たまには二人で「ジロー」のボックス席でコーヒーを飲んだりしている。

その光景を見た瞬間、

「俺があの人を好きになってなにが悪い」

と私は考えた。

そこで私は一通のラヴレターをしたため、ふるえる手で祥子さんに手渡した。

返事が来た。その内容は私の希望するものではなかったが、意外な一言が付け加えられていた。

「あなたの言葉はとても詩的でした。シャンソンの訳詩でもなさったらいかがかしら。なんなら私がお願いしてもよくってよ」

この時もまだ私はピンと来ていなかったのだが、数日後、堀川と石井祥子が連れだって「ジロー」にやってきて、

「中西、お前、訳詩やれよ」

と堀川が言う。

「びっくりするじゃないか、急に」

私はうろたえた。

「俺にシャンソンの訳詩をやらせりゃあ上手くやってみせるんだがなあって、お前、いつも言ってたじゃないか」

堀川はつっ込んでくる。

「そりゃあそうなんだけどさあ」

頭をかく私に石井祥子が言う。

「ねっ、あなた、訳詩やってみない。シャンソンの中にはまだまだいい歌がいっぱいあるの。歌手はそれを歌いたいんだけれど、いい訳詩がないの。新鮮な詩を書く若い詩人をみんなが探しているの。とにかくあなた、一つ、訳詩してみてよ」

石井祥子はあたかも私の才能をすっかり見抜いているがごとくに言う。

私はむろんやってみたかったが、なにしろ生まれて初めてのことゆえ、自信があるとは言えない。

祥子さんは楽譜を差し出して言う。

「これ、今年のサンレモの入賞曲なんだけれど、なにか素敵な詩をつけてくださらない」

「Patatina」と書いてある。

小さなじゃがいもという意味だ。

「小粒のじゃがいもってタイトルはどうお?」
「素敵じゃない。それでお願いよ」

ペンネーム「なかにし礼」

昭和三十三年、二十歳の私が住んでいた部屋は三畳間で家賃五百円。その頃、学生街の下宿屋は三畳間朝食付きで三千円が相場だったからいかに安い代物だったか。ちなみにラーメンも煙草(十本入りのピース)もともに四十円だった。

場所は五反田駅の裏側。古びた灰色のモルタル二階建ての一階。玄関には誰のものとも知れぬ靴や下駄が折り重なるようにして脱ぎ捨てられている。廊下を歩くとみしみしと音がする。湿気で朽ちていて今にも抜けそうなのだ。入ってすぐ左が私の部屋。三畳間といっても六畳間をベニヤ板で二つに仕切ったものだった。だから、こちらが襖を開ければ隣が閉まり、隣が開ければこちらが閉まるといった具合だ。まるで落語だね。窓もそう。曇りガラスの窓を開けてみても目と鼻の先に隣接した建物の壁がある。陽は射さない。風も通らない。茶色い畳は湿気を含んでふくらんでいる。押し入れには先住者が残していった布団があったが、これまた汚れが油のようにしみ込んでいて、固く重くなっている。が、ないよりましだった。

夜になると、押し入れからゴキブリがゾロゾロと這い出してくる。二十匹も三十匹も。黒いやつが。

私は薬局でＤＤＴを袋ごと買ってきて、それを布団のまわりに土手のように積み上げた。ゴキブリに対する防波堤だ。これは効果があった。敷布がわりに新聞紙を敷き、掛け布団の顎のあたる部分にも新聞紙をあてて寝た。

六畳間の天井の真ん中、つまり仕切りのベニヤ板の真上で左右の部屋に分けられたコードの先に二十燭光の裸電球がともっている。

こんな、貧乏を絵に描いたような部屋ではあったが、満洲での逃避行や避難民生活をした身にとっては、爆弾や鉄砲玉が飛んでこないだけ幸せだった。これ以上落ちるところがないと思うと、それもまた安らぎであった。

この部屋に、石井祥子から依頼された曲を持ち帰り、辞書を片手に五線譜と格闘した。テープレコーダーが普及するはるか以前の話だから、メロディーは楽譜をギターで追って確認するしかなかったのだ。

一晩徹夜して『小粒のじゃがいも』という歌を書き上げた。原詩には関係なく、童話のような話をつくって、メロディーにはめていった。「月夜の晩に、小粒のじゃがいもは恋するキャベツに抱かれて眠る」といったたわいのない内容であったが、歌ってみると妙に気分がよかった。

「できた！」

私は、なんとはなしに、なかにし礼と署名した。私のペンネームはこの時決まった。こんなに長きにわたってつきあおうとは夢にも考えていなかったが。

石井祥子は訳詩のお礼として五百円くれた。家賃一月分だ。一日精一杯働いて三百円のボーイにとっては夢のような金額だった。

かなうことなら、訳詩の仕事がどんどんくればいい、と思った。

ところが……『小粒のじゃがいも』が功を奏したのか、若手のシャンソン歌手たちから次々と訳詩の依頼がくるようになったのである。名のある訳詩家の訳詩料は三千円から五千円だったから、私のような、値段が安くて仕事の早い新人をみな待っていたのだ。

私は、ゴキブリアパートの裸電球の下で、熱に浮かされたように毎晩シャンソンの楽譜と取り組んでいた。ジルベール・ベコーの歌、シャルル・アズナヴールの歌、ジュリエット・グレコの歌、ジョルジュ・ブラッサンスの歌……。シャンソンという歌の世界はなんと深く豊かで広いのだろう。そしてその底に厳然として流れる抵抗精神！

このシャンソンの素晴らしさを、訳詩という仕事を通して万人に知らしめるのだ。そんな気負いを持ちはじめた頃には、私の訳詩料は七百円にあがっていた。それでも仕事は増えるばかりだった。

一月に百曲訳詩して七万円稼いだことがある。フランク永井の歌った『13800円』という歌が流行っていた。「一万三千八百円、贅沢いわなきゃ食えるじゃないか……」という時代に七万円である。目の前に希望の光がちらりと見えた。大学に行けるかもしれない。私はせっせと貯金した。

昭和三十五年の夏。

石井祥子の紹介で知己《ちき》を得ていた北村得夫という作曲家が言う。

「ラジオ歌謡に応募するんだけど、詩書いてくれないかな」

北村さんは劇作家出雲隆氏（故人）のご子息さんで、主にCM畑で活躍していた。

当時は、ラジオ歌謡というものが各局にあって、いわば新人の登竜門になっていた。私に否やのあろうはずがなかった。

北村さんが先に曲を書き、その美しく透明なメロディーに乗せて、私は、『めぐり来る秋の日に』という詩を書いた。

この歌は、名古屋CBC「いすず歌謡・九月の歌」に見事当選した。歌う人は、元宝塚のプリマドンナ、深緑夏代さんだという。

名古屋のCBCのスタジオで深緑さんが言った。

「坊や、なかなかいい詩を書くじゃないの。私のために訳詩やってみない？」

こうして私は、深緑夏代さんというシャンソン界の大物歌手の訳詩も手がけるようになった。

立教大学の英文科を受験し、合格した。

ジローのボーイもついにやめた。

ゴキブリアパートを脱出して九段の芸者置屋の二階に引っ越した。

私は二十二歳になっていた。人より四年遅れての大学生だったが、心は浮き浮きだった。

さらば銀巴里

私は銀巴里という店が好きだった。

そこはシャンソンのライヴハウスで、若手からベテランまで日本を代表するシャンソン歌手たちが日替わりで歌っていた。この店ができたのは昭和二十六年である。大正デモクラシーの時代に半ば手に入れそして手放した自由主義思想の雰囲気が、置き土産のように銀巴里には漂っていた。

深緑夏代のレパートリーを訳詩したことはシャンソン界へのパスポートを得たも同然だった。

私のもとへ銀巴里に出演している歌手たちから次々と訳詩の依頼が来た。芦野宏、山本四郎、木村正昭、古賀力、有馬泉、堀内環、高毛礼誠、仲代圭吾、戸川聡、横井公二、しますえよしお、川島弘、斉藤基……二葉あき子、深緑夏代、戸川昌子、岸洋子、金子由香利、仲マサ子、石井祥子（後に昌子）、杉美佐、真木みのる、日高なみ、小林暁美、大木康子、田代美代子、阿部レイ、須美杏子、澤庸子……これらの歌手たちが私のお得意様だった。

ゴキブリアパートを脱出した私は九段の花街にある芸者置屋の二階を間借りしていた。朝は稽古三味線で起こされ、夕方になると芸者さんたちが上半身をすっかり見せたまま化粧前に向かう。そんな色っぽい下宿で歌を書き、大学の授業中にも書き、夜は銀巴里の最後列の席で自分の訳詩したシャンソンを聞きながら書いた。

自分の書いた歌を客席で聞くということは怖い仕事だ。自分では、こいつは絶対受けると思って選んだ言葉が、意外や意外全然受けなくて、客席がすうっと引いていく時などは背筋が凍る。また、すっかり手垢がついていて、今更使うのもイヤだと思っていた言葉が、大いに受けて、客席が一瞬にして熱くなっていくのを感じる時の安堵と歓び。そういうことを私は毎晩味わっていた。実に銀巴里は私にとって厳しい修行場であり、最高の学校だった。

しかし、それにしても思うのだけれど、日本のシャンソンとはいったいなんなのだろう。世界広しといえども、フランスの流行歌を自国語に訳詩して、こんなにも愛しげに歌っている国は日本のほかにはちょっと見当たらない。片仮名表記の「シャンソン」は日本の音楽文化の一角に厳然としてある一つのジャンルとなっていることは間違いない。今ではやや力衰えてはいるが、その分伝統ができつつあるともいえよう。

そんな奇妙な世界にどっぷりとつかって私は青春時代を過ごした。四年間の大学生活はそのまま私の銀巴里時代だった。こうして学んだ訳詩という仕事の終点のようにして出会ったのが『知りたくないの』（菅原洋一、歌）という歌だった。

その歌のヒットとともに、私は銀巴里と別れ、流行歌の世界へと進んだ。

平成二年十二月、銀巴里がいよいよなくなるという時、私は、美輪明宏や戸川昌子の歌を聞きにいき、ステージに呼び出され、みんなとともに泣いた。

銀座七丁目　緑の看板
そこは銀巴里　銀座の中のパリ
回るようにして　階段下りると
聞こえてくるのは
ああ　シャンソン
心ゆするジャヴァのリズム
涙声のあのアコルデオン
恋を棄てた男や　恋に泣いた女が
夜毎に集まり　愛しつづけたもの

サ・セ・ラ・シャンソン
それはシャンソン
古ぼけた　パリの小唄
サ・セ・ラ・シャンソン
それはシャンソン
永遠の恋唄

店がはねたあと　仲間と語った
エディット・ピアフや
ベコーやモンタンを
安酒を飲んで　夜道を歩けば
口から出るのは
ああ　シャンソン
若い歌手やピアニストや
絵描きがいた　詩人がいた
貧しかったけれども

星のような眼をして
若さの限りに　愛しつづけたもの
サ・セ・ラ・シャンソン
それはシャンソン
フランスの詩と音楽
サ・セ・ラ・シャンソン
それはシャンソン
青春の憧れ

銀座七丁目　看板も消えた
ここに銀巴里　確かにあったはず
ビルの前に立ち　瞼《まぶた》を閉じれば
聞こえてくるのは
ああ　シャンソン
さらば銀巴里　わが青春
忘れないさ　君のことは

銀巴里がなくなり
青春が消えても
私がこよなく　愛しつづけるもの
サ・セ・ラ・シャンソン
それはシャンソン
真実の歌の心
サ・セ・ラ・シャンソン
それはシャンソン
人生の恋人

（『さらば銀巴里』なかにし礼作詩作曲）

霊感力

アルケミスト

私は自分が二十歳を迎える以前から、二十歳という年齢に特別な思いを寄せていた。なぜなら、その頃の私の貧弱な知識に照らしあわせてみても、私たちにとって有名な天才や偉人たちは二十歳の時に、人生の方向を決めるようななにか貴重な啓示を受けている。ないしは前兆を得ている。

例えばチャップリン。ロンドンの小さな劇団のしがない舞台芸人だった彼は旅興行でパリに行った。期待は大きかったが、結果は惨憺たるものだった。大いに落胆したチャップリンだったが、舞台を見た一人の紳士がこう言ってくれた。「君は本当の芸術家だ」。その人は有名な作曲家ドビュッシーだった。チャップリンはその時、ドビュッシーのことを知らなかったが、この一言は、その後の彼の人生を決定づけるに十分だった。チャップリン二十歳のときである。

スペインからパリにやってきたピカソが住みついたのはモンマルトルの丘にある貧乏長屋、通称「洗濯船」だった。二度、三度と個展をやっても失敗ばかり。絵は全然売れなかった。しかし、この頃が後に「青の時代」と呼ばれる一時期なのである。ピカソ二十歳のときである。

夏目漱石が正岡子規の書いた文章に刺激を受けて、生まれて初めて旅の随筆を書いたのは二十歳のときだった。漱石というペンネームはその時生まれた。

レオナルド・ダ・ヴィンチも、ベートーヴェンも、ナポレオンも、エディット・ピアフも、リンカーンも……例をあげたらキリがない。みんなそうなのだ。

論語には「十有五にして学を志し、三十にして立つ」とあるが、二十歳については一言も語られていない。なぜだろう。二十歳という年齢は、青年というにはまだ少年の幼さがあり、少年と呼ぶにはすでに賢さをそなえているといった感じで、実にあいまいな時期なのだ。肉体と精神のバランスがあやふやで、確固としたものがない。現実生活にどっぷりとつかっていない分、子供の特権であるところの神秘にたいする感受性はまだ残っている。その分、人生にたいして潔癖であり、当然、夢見がちでもある。人生において最も霊的な時期かもしれない。そういった点が人生指南の書である論語の対象となりにくかったのではないか。そこで私は思うのだが、もし論語に一行つけ加えるとするなら、「二十歳にして天啓を受ける」ないしは「前兆を見る」。

私は、自分が二十歳になったら、きっと素晴らしい「天啓」が降りてくるに違いないと期待に胸ふくらませていた。で、実際二十歳に、なるにはなったのだが、なにが起きるわけでもなかった。ただ無為に毎日が過ぎゆくばかり、時だけは矢のように流れていく。私は暗澹《あんたん》たる思いになり、日に日に焦りのようなものが目もとに漂いはじめた。つまり目ばかりぎらぎらさせていた。

ここでちょっと寄り道をして、ブラジルの作家パウロ・コエーリョが書いた『アルケミスト（錬金術）』（山川紘矢・山川亜希子訳、角川文庫）という小説について触れたい。小説というよりは寓話に近い幻想的な物語なのだが、第二の『星の王子さま』と言われ、十数年前から世界的大ベストセラーになっている。私の愛読書の一つでもある。

羊飼いの少年サンチャゴはアンダルシアの平原にいて、羊を追いながら来る日も来る日も、旅ゆく人たちをながめていた。少年といっても、十六歳まで神学校に通っていたというから、十七、八歳か。二十歳を間近にひかえていることだけは確かだ。

旅する人たちの中にはジプシーもいた。ジプシーたちの故郷といえばエジプトだった（ジプシーという言葉はエジプト人という意味のエジプシャンから転じたもの）。

少年はある夜、夢を見た。見知らぬ子供が夢に現れ、自分の手をとってエジプトのピラミッドのそばへ連れていく夢だ。

子供は言った。

「あなたがここに来れば、隠された宝物を発見できるよ」と。同じ夢を二度見た。

それ以来、少年は、

「ジプシーたちが住む町の城（ピラミッド）を見たい」と思うようになった。

少年は、夢占いをする老女を訪ねてみた。

すると老女は少年に言った。

「神が魂の言葉を話す時、それがわかるのはおまえだけさ。おまえはエジプトのピラミッドに行かなければならない」

「しかし、どうやって行ったらいいの？」

「その夢の言葉はこの世の言葉だよ。しかし夢の実現はむつかしいものさ」

と老女は答えるだけ。少年は失望したが、本当に失望したのではなかった。自分の真実の心がどこにあるのか理解できずにいたのだ。

そんな時、少年はメルキゼデックという名の老人に会う。老人は言った。

「おまえは自分の運命を発見した」

「運命って？」

「おまえがいつもやりとげたいと思ってきたことだよ。誰でも若い時は自分の運命を知っているものなのだ。まだ若い頃は、すべてがはっきりしていて、すべてが可能だ。夢を見ることも、自分の人生に起こってほしいすべてのことにあこがれることも、恐れない。ところが、時がたつうちに、不思議な力が、自分の運命を実現することは不可能だと、彼らに思い込ませ始めるのだ」

さて、「不思議な力」とはなんなのか。

「不思議な力」の正体

「不思議な力」とは……俗世間に生きていく知恵とでもいおうか、自分自身の運命よりも他人の思惑を重要視してしまう常識とでもいおうか、挑戦しないままあきらめてしまう弱い心といおうか。

メルキゼデック老人は言う。

「人は人生のある時点で、自分に起こってくることをコントロールできなくなり、宿命によって人生を支配されてしまうということだ」

子供が大人になるということは、一般的には、常識を身に付けること。冒険を避けて安穏な道を行くこと。他人と上手くやっていくすべを学ぶこと。世俗の幸福を求めそれを維持すること。そしてそうすることが、人間として生まれたもののいわば宿命なのだと受け入れてしまうこと。そうすることで良き大人となっていく。

「しかし、それは世界最大の嘘なのだ。なのに人間は誰もがその嘘を信じている」

と老人は言う。

世界中の本がその嘘をならべ、世の中の人という人がみなその嘘を声高に言いたてる。

「人は自分の運命を選ぶことができない」と。

私たちはみなこの「世界最大の嘘」に取り囲まれて生活している。それは日夜私たちの意識に忍び込み、私たちを脅し、または甘くささやいて私たちを懐柔《かいじゅう》する。そしていつしか私たちに「自分の運命を実現することは不可能だと、思い込ませ始めるのだ」。

これが「不思議な力」の正体だ。

「人は、人生の早い時期に、生まれてきた理由を知る。なのにすぐにそれをあきらめてしまうのは、そのせいなのだ」

人間は愚かにも深い眠りを眠っている。そんな人々には、夢の中での「不思議な力」のささやきがすんなりとしみ込んでいくだろう。彼らが気付かないのは仕方ない。気付こうとしないのだから。だが、運命を実現したいと願うのなら、その目覚めを知らぬ人々の中にいてはならないととっさに気付かなければならないのだ。

「不思議な力」とは一見否定的なもののように見えるかもしれないが、実際は、運命をどのように実現すべきかを教えてくれているのだ。「不思議な力」という負のパワーからなにを学ぶか、そこに分かれ道がある。真に知恵あるものなら、急ぎ、光の戦士としての魂と意志の準備にとりかかれ、と老人は言う。

なぜなら「この地上には一つの偉大な真実があるからだ。つまり、おまえが誰であろうと、何をしていようと、おまえが何かを本当にやりたいと思う時は、その望みは宇宙の『大いなる魂』から生まれたものなのだ。それが地球におけるおまえの使命なのだよ……。『大いなる魂』は人々の幸せによってはぐくまれる。そして、不幸、羨望、嫉妬によってもはぐくまれる。自分の運命を実現することは、人間の唯一の責任なのだ。すべてのものは一つなんだよ……おまえが何かを望む時には、宇宙全体が協力して、それを実現するために助けてくれるのだよ」

少年は老人に尋ねる。

「あなたはなぜこのようなことを僕に話すのですか？」と。すると老人は答える。

「それは、おまえが運命を実現しようとしているからだよ。それに、今、もう少しですべてをあきらめようとしているからだよ」

「あなたはそういう時にいつも現れるのですか？」

「いつもこうだとは限らないが、わしは必ずいろいろな形で現れるのだ。時には一つの解決法とか、良い考えとなって現れることもある。別の時には、危機一髪という時に、ものごとを起こりやすくしてあげることもある。もっと他のこともいろいろとしているが、ほとんどの場合、人はわしがやってあげたということに気がつかないのだよ」

これはいわゆる「閃《ひらめ》き」というやつだ。

「閃き」というものは、実は人生の至る所で、なにくわぬ顔をして舞い降りてくる。しかし人間は自惚《うぬぼ》れが強いから、その「閃き」を天から与えられたものと思わず、自分自身の力でそれを得たと考える。そう思った瞬間、天との交信は途絶える。天というとなにやらオカルトめくが、人間の望みというものは宇宙の『大いなる魂』から生まれたものであり、それを実現するためには『大いなる魂』の絶大な協力を必要とするならば、絶えず「天」の声に耳を澄ましていないといけない。つまり意識と感覚をつねに鋭敏にし、「霊感力」を高めておかなくてはならないということだ。そうすれば、かすかな「閃き」の中にある「天啓」を見逃したり聞き逃したりすることはないだろう。

私はここで、オリヴィエ・メシアンのオペラ『アッシジの聖フランチェスコ』を思い出した。二十年ほど前に、ザルツブルクの夏の音楽祭で観たのだが、あの感動的な場面は忘れない。

一人の迷える修道士が聖フランチェスコに尋ねる。

「師よ、私の運命はどこにあるのでしょう」

すると、聖フランチェスコが答える。

「運命とは、あなたが進みたいと思う方向にあるのですよ。あなたが目的とするもの、それがあなたの運命なのです」

この言葉を聞いて、はっと我に返った修道士は、迷いもなく信仰の道を歩き始める。音楽はまさに光が降るごとくに盛り上がる。

英語やフランス語での「運命」(destiny, destin, destinée) は「目的地」(destination) とほとんど同義である。

「おまえは運命を実現しようとしている」

メルキゼデック老人は聖フランチェスコと同じことを少年にたいして言ったのだ。

果たして少年は目覚めるのだろうか。

魂の錬金術

世界五十か国で総計三億部を売り上げている大ベストセラー『ハリー・ポッター』(J・K・ローリング女史著) シリーズの完結編となる第七作目『ハリー・ポッターと死の秘宝』が二〇〇七年七月二十一日、世界で同時発売された。その人気たるや凄まじいもので、イギリスやアメリカの書店の前には長蛇の列どころか黒山の人だかりができ、中には二日間の徹夜組までいた。発売開始時間が近付くと全員でカウントダウンするほどだ。むろん日本でも発売された。英語版ということで大騒ぎにはならなかったが、翻訳本が出たらたちまちベストセラーになるのだろう。とはいえ、日本におけるハリー・ポッター現象は、映画も大ヒットしてはいるが、英語圏の国に比べたら静かなものだ。かの国の少年少女そして若者たちは、我がことのようにしてこの本を読んでいるのだ。テレビで一人の少女が、

「私はハリー・ポッターとともに成長してきたのだから」

と言っていたのが、とても印象的だった。

また、二十三日早朝、テレビで全英オープンを観ていたら、満員のギャラリースタンドの片隅で、イギリスの少年が、目の前で繰り広げられている死闘には目もくれず、手に入れたばかりの『ハリー・ポッター』を待ちきれないという様子で読んでいたのが面白かった。

第一作のタイトルが『ハリー・ポッターと賢者の石』というように、この物語は錬金術の話である。錬金術（alchemy）とは、金でない卑金属を金に変えようとする、古代エジプトの時代から行われてきた魔術的神秘化学である。アルは冠詞、ケミーとは「土」ないし「黒」の意味で、エジプトをあらわすのだという。

錬金術では、硫黄と水銀に塩を混ぜ、それに酸を加えて溶融させたものが「賢者の石」の原材料になるとされる。これを水晶のフラスコに入れ、灰か土の入った鉢の中に埋め、長時間加熱する。すると「賢者の石」は黒、白、赤の順に変色していく。「黒」は死の色であり、「白」

は再生への変成の色である。そして「赤」は復活をあらわし、この「赤」は「黄金」と同義である。この赤い物質ないしは液体が「賢者の石」であり、これはどのような卑金属をも金に変えることができるし、飲めば不老不死のエリクシルともなる。このようにして卑金属から金が得られるというこの秘宝は錬金術師（かのニュートンもその中の一人だ）と呼ばれる様々な人たちによって実験されてきた。結果的には卑金属を金に変えることはできなかったが（いや、実際にできたという説もある）、その試行錯誤の中で数知れぬ副産物を生んできた。火薬、原子力、クローン技術などなどだ。現在の私たちが恩恵を受けている科学的発明のすべては錬金術師たちの悪戦苦闘の末にもたらされたものなのである。例えば、薬品などはその最たるものであろう。薬があればこそ、私たちは寿命以上の命を生きている。

そもそも錬金術は不変不滅の黄金への憧れから生まれたものであり、それはそのまま不老不死の探求であった。つまり神をも恐れぬ仕業であり、それゆえに権力と結託する宗教側から異端視され迫害を受けてきたのだが、クローン技術のことを思えば、錬金術師たちはその志の半ばをもはやかなえているのではないかとも思えてくる。

さて、この錬金術という一つの神秘化学を寓意として、人間の精神や意識の変容を目指してみようとしたのが思索的錬金術、つまり魂の錬金術である。どういうことかというと、人間は誰しも金になる可能性を持っている。いやもともと金なのだ。なのに、生きるための打算とか、世の中の習慣、伝統、常識、無教育などにしばられているうちに、持って生まれた金が余計なもので覆われてしまっている。これはそのまま『アルケミスト』の中に出てくる「不思議な力」というものであろう。人間は、無知と臆病と怠慢のせいで、この「不思議な力」にがんじがらめになっている。人はみな暗愚の闇で眠っているのだ。だから、それら眠れる人の目に光をあてて、目覚めさせてやることが肝心なのだ。目覚めさせてやれば、彼らに人生で最も大切な「知」（グノーシス）を与えることができるという考え方だ。人の目に光をあてて目覚めさせることを英語ではenlightenmentといい、それが十八世紀には啓蒙運動としてヨーロッパを席捲《せっけん》し、後の革命思想の母体となるばかりでなく、ヨーロッパの教育思想の原理になっていくのだが、それはさておき……。

魂の錬金術は、罪や欲望や煩悩にまみれた不完全な存在である人間を純化して、完全なる、神のごとき存在へと向上させることを目的とする。その死と再生の儀式と修練の過程で、人間はその魂の中に「賢者の石」を精製し、やがて人間が本来的に持っていたはずの統一性、完全性、純粋性を取り戻し、自我の超越とグノーシスの獲得を果たす。「賢者の石」を錬成することは天上との交感、つまり神との交感なくしては達成できない。また「賢者の石」を得ようとするものは、自分自身を高めて「賢者の石」として完成されなければならない。

「物質の変成が神秘的作業であるのと同様に、作業を行う者にとって錬金術は精神における神秘的体験でなければならない」（七会静『幻の錬金術師列伝』）

人間が神のごとき存在になるということは、のぞめば悪魔のごとき存在にもなれるということである。つまり魔術師にもなれるということだ。それを教えるところとは？　秘密の魔法魔術学校に決まっている。どこにある。選ばれた子だけがそこに入ることを許される。こうしてハリー・ポッターは始まるのだが、こういう物語に一喜一憂する少年少女の霊感力を現代の大人たちも回復しなければいけないと思う。

一瞬の光

さて、話を『アルケミスト』に戻そう。

目覚めという出来事はいったいどういう時に訪れるのか。

メルキゼデック老人は少年に言った。

「おまえは羊を何頭持っているのかね？」

「十分持っています」少年が答えた。

「そうなると、それは問題だ。おまえがもう十分な羊を持っていると思うのなら、わしはおまえを助けられないなあ」

この老人の言葉が非常に重要なのである。

世の中には、自分らしくあれ、自足することを知れ、自分に不満を持つな、流れに身をまかせて生きよ、今ある幸せを大事にせよ、運命を自分の力で変えることはできないなど、分相応であることを美徳とし、変化を求める人間を軽蔑する傾向がある。ほとんどの人がそういうところにいる。その人たちを私は、普通の人々と呼ぼうと思う。これらの人々は、自分が今いる場所が本当に自分が求めた場所であるかどうかを考えることもなく、ただなんとなく自己満足している。そういう人を目覚めさせることは困難だと老人は言っている。

少年には父親がいるのだが、この父親も普通の人々の一人で、世間の価値観にどっぷりとつかっている。彼は少年に言う。

「息子よ、世界中から旅人がこの町を通り過ぎていったではないか。彼らは何か新しいものを探しに来る。しかし、帰る時も、基本的には来た時と同じままだ。そして、私たちが今持っているものより、昔のほうが良かったと、結論づけるだけなのだ。いつかおまえにも、私たちの田舎が一番良い場所で、ここの女性が一番美しいとわかるだろう」

つまり少年の父親は、メルキゼデック老人がいうところの「世界最大の嘘」をすっかり信じこんでしまっているのだ。その親に育てられたのだから、少年もかなりな影響を受けている。そこで少年はつい、「十分持っています」と答えてしまったのである。

そこでだ、老人は微妙なことをしてみせる。これを見逃すか見逃さないかが運命の分かれ道なのである。目覚める機会に恵まれるのはほんの一部の選ばれた人であるなら、その選ばれた人となるか、普通の人々となるか。

老人はかがみこんで一本の棒を拾うと、広場の砂の上に何か書き始めた。老人の胸から明るい光が反射し、あまりの明るさに、少年は一瞬目が見えなくなった。老人はその歳にしてはすばやい動作で、マントでその光をおおい隠した。

この魔法使いのような老人が少年にたいしてやったことがつまりenlightenment（啓発）、光をあてて目覚めさせるという行為である。

人はみな、子供の頃から生きてきて、このような「一瞬の光」を見るチャンスに山ほど出会っているのではないだろうか。これはと思う人と出会ったこともあったし、一冊の本に感動したこともあった。それらはすべてが「一瞬の光」だったのだ。が、大抵の人は、サンチャゴ少年のように眩暈《めまい》を起こしたりしない。だからなんの行動も起こさない。怠慢と臆病と無知ゆえなのか、古い価値観から抜け出す勇気はなかなか持ちえない。そして翌日には「一瞬の光」を忘れてしまう。そうやって人は日一日、そしてまた年を追うごとに、普通の人々の仲間に加わっていくのだ。

しかし、サンチャゴ少年は、この「一瞬の光」を見てしまったのである。そして眩暈を起こした。この眩暈こそがすなわち、『ハリー・ポッターと賢者の石』のところでも述べた霊感力なのである。

で、老人は何を書いたのか。

その小さな町の広場の砂の上には、少年の父親の名前と母親の名前と、彼が通った神学校の名前が書かれてあった。また、まだ少年が知らない商人の娘の名前と、これまで少年が誰にも話したことがないこともいろいろ書かれてあった。

メルキゼデック老人が砂の上に書いたものが、少年のそれまで生きた人生のすべてであった。少年に託す父親の夢、母親の夢、彼を教育した神学校の期待、そういうものを少年は肩に感じていた。その上、少年はまだよく知らぬ商人の娘に恋をし、その娘と結婚して、平和に暮らすのも悪くないとも考えていた。老人はまさしく、少年にとっての世俗的幸福の要因を書き出してみせたのである。しかしそこには教訓がある。教訓とは……。これら世俗的幸福の要因そのものが少年の自由を阻むものだということである。老人は暗に言っている。行動を起こすには、これらのしがらみを断ち切らなくてはならないと。

老人は少年に尋ねた。

「おまえはなぜ、羊の世話をするのかね?」

「旅がしたいからです」

「じゃ、旅をすることさ。人は、自分の夢見ていることをいつでも実行できる」

「あなたはなぜこのようなことを僕に話すのですか？」

「それは、おまえが運命を実現しようとしているからだよ。それに、今、もう少しですべてをあきらめようとしているからだ」

老人は、少年が「一瞬の光」を見たことを知っている。そして少年が、眩暈を起こしながらも、しきりに我に返ろうと、つまり世俗的であろうと努力していることも見抜いている。少年は、選ばれた人に、どうしたらなれるのか……。

目覚めの可能性

サンチャゴ少年は果たしてどんな夢を抱いていたのか。

「おまえはなぜ、羊の世話をするのかね？」

とメルキゼデック老人に尋ねられ、少年はこう答えている。

「旅がしたいからです」と。

少年は十六歳まで神学校にいて、ラテン語とスペイン語と神学を学んだ。あまり裕福とはいえない農家をいとなむ両親は少年が神父になることを望んでいた。が、ある日、少年は勇気をふりしぼって、父に言う。

「私は神父になりたくありません。私は旅がしたいのです」と。

普通の人々の一人である父は「旅をしたってしょうがない。結局は自分の生まれた町が一番いいってことを知るにいたるだろう」と月並みな説教をするが、最後には折れて、古いスペイン金貨が三枚入った袋を、遺産がわりに与えてくれる。

「これで羊を買いなさい。そして野原に行きなさい」

そういう父親の目の中に、自分も旅をしたいという望みがあるのを少年は見てとった。何十年もの間、飲み水と食べるものと、毎晩寝るための一軒の家を確保するために深くしまいこんではいたものの、今もまだ捨てきれていない望みだった。

さて、羊を買った少年は、できるだけまだ通ったことのない道を歩くように心掛けて、毎日、旅の感覚を味わうように努めていた。そして、世界は大きくて、無尽蔵だということを知る。

少年は淡い恋をする。相手は、タリファの町の商人の娘で、結婚できたらいいだろうな、などと少年は考えている。一か所にずっと住みつきたいという希望。黒髪の少女と一緒にいれば、自分の毎日は決して同じではないだろうという根拠なき期待。人はみな自由な旅の喜びを忘れさせるような誰かに出会い、どこかの町にいつかは落ち着くのであろうという思い込みにとらわれつつあった。

少年はきわどいところにいたのである。

愛する人とともに、どこかの町に定住することによって幸福を味わうという普通の人々として生きるか。旅をつづけて、終わりなき変化と冒険の世界で、自分の中にある無限なる進化の可能性に向かって生きるか。少年ははっきりと意識はしていないが、この二つの人生の間で心は揺れ動いていていた。

この『アルケミスト』という本は、一見、旅する少年の物語のようであるが、実はそうではなく、私たち普通の人々として生きる大人がもし本当に自分にひきつけて読むならば、どの一行も、どの言葉も骨身にしみるはずのものなのだ。なぜなら私たち普通の大人こそ、サンチャゴ少年の父親と同じく、心の中に、「旅」への憧れを秘めているのであり、その目には、果たせなかった夢への悔恨の思いが未だにかすかに残っているはずだからだ。

ならば、私たち普通の人々の、あらかた生きてしまった人生には「目覚め」の可能性は残されていないのか。いや、そうではない。パウロ・コエーリョは言う。

「人は、自分の夢見ていることをいつでも実行できることに、気がついていないのだ」

「人は、誰でも自分の運命を発見することができる」

「運命とは、その人がやりとげたいと思ってきたことだ」

「この地上には一つの偉大な真実があり、人が本当にやりたいと思う時は、その人が誰であれ、何をしていようと、その望みは宇宙の魂から生まれたものなのだから、それは地球における一つの使命なのだ。だから、人が何かを望む時には、宇宙全体が協力して、それを実現するために助けてくれる」とまで言う。つまり、「その人が誰であれ、何をしていようと」構わないということは、年齢、性別、職業を問わないということなのだ。

この『アルケミスト』という本は、少年少女にたいしてのみならず、全人類に向かって、今からでも遅くない、あなたの夢の実現にむけて「旅」に出なさいと扇動している、きわめて危険な書物でもあるのだ。

しかし普通の人々は「不思議な力」の影響をたっぷりと受けていて「自分の運命を実現することは不可能だ」と思い込んでいる。そう思い込むと、人の目や耳は感度が鈍くなり、霊感力も衰える。毎日の生活の中で様々なものが発する「一瞬の光」をはっしとつかまえるというようなことはもはや起きない。

サンチャゴ少年は羊を追いながら思う。

「羊たちの興味はと言えば、食べ物と水だけだった。彼らの毎日はいつも同じ日の出から日没までの、限りなくつづくように思われる時間だけだった。彼らは若い時に本を読んだこともなく、少年が都会のようすを話しても何のことかわからなかった。彼らは食べ物と水さえあれば満足していた」

これって本当に羊のことを描写しているのであろうか。この羊たちは私たち普通の人々の中の、特に無気力な部類の人たちにあまりに似ていないか。私たち普通の人々は、この羊たちのような無意識的な存在になることもできるし、ある日目覚めて、選ばれた人として意識的存在となることもできる。

その分かれ目はどこにあるのか。それは「自由」になる勇気だ。この世のあらゆるしがらみを断ち切ることができるか。恐らく普通の人々のうちほとんどの人ができないだろう。が、できると思うことによって、霊感力は活動する。そうなれば、あとは天との交信に耳を傾けるだけだ。

「神が魂の言葉を話す時、それがわかるのはおまえだけさ」という夢占いの老女の言葉の意味はそういうことだ。

神の声と無の境地

人間は誰だって、生きているなら、そう簡単にしがらみを断ち切ることはできない。妻や子や家を捨て、仕事や国まで捨てる勇気なんてあるはずがない。ましてや何十年も生きてしまった人間にとってはしがらみそのものがもはやその人の人生になってしまっている。それどころか、そのしがらみこそがその人の名誉であったり栄光だったりする。

それでもだ。自由に憧れる気持を自分の中に再生することを忘れてはいけない、と『アルケミスト』は言っているようだ。

ここでいう自由とは、生きる権利としての自由とかそういう政治的なものではない。つまりすべてのものからの自由だ。妻や夫や恋人からはもちろん、親兄弟、家庭、仕事、民族や国家からの自由。伝統や常識や慣習などからの自由。男であること女であることからの自由。年齢からの自由。体内に流れている血液からの自由。生きているという意識からの自由。自分自身からの自由。この自由はある種、死にも似ているが、その死からも自由でなければならない。そういう「無」に近い魂の状態になることをイメージすることが大切なのだ。

普通の人々はそんな無駄なことはしない。ほかにやらなければならないことが沢山あるからだ。しかし、そうであるからこそ普通の人々は普通の人々でありつづけるわけで、自分の運命を切り開きたいという意志と勇気、好奇心と冒険心をもって、この「まったき自由のイメージ訓練」を繰り返し、そのことに習熟してくると、きっとなにかが聞こえてくるはずだ。

それは宇宙が語りかけてくるのか、それとも神の声なのか、いずれでもいい。いわゆるインスピレーション、閃きが降りてくる。

「神が魂の言葉を話すとき、それがわかるのはおまえだけさ」

夢占いの老女が言うように、その言葉はその人にしか分からない。そしてまた老女が、

「その夢はこの世の言葉だよ」

と言うように、この出来事は夢ではなく、この世で確かに起きたことなのだ。果たしてこの出来事を現実としてとらえる「霊感力」を誰もが持ち合わせているのかどうか、それははなはだ疑わしい。

この「霊感力」に最も優れているのは少年期であることは前に書いた。また人生というものを幻影と現実のないまぜになったものとしてとらえているのが二十歳という年齢だということも前に書いた。つまり人間の「霊感力」というのは大体二十歳をもって下り坂になると見ていい。

雑談になるけれど、『朱蒙《チュモン》』という実に血沸き肉躍る韓国ドラマがある。八十一話もある長大な歴史もので、私はまだ途中までしか観ていないのだけれど、その中に、重要な役として神女が出てくる。しかし面白いことに、神女の「霊感力」は少女の時が断然強く、年齢をかさねるごとに薄れていくことが描かれている。私は神がかった話をしているつもりはないが、まったく関係ないともいえない。神女が神前で無我の境地になるのも、普通の人々が「自由のイメージ訓練」をするのも、「無」をめざす意志としてはなんら変わりはないと思うからだ。『アルケミスト』のサンチャゴ少年は夢を見た。そして夢の中で「神の声」を聞いた。つまり「夢」は眠りに伴ってもたらされるものであり、眠りはかぎりなく死に似ている。つまり「自由のイメージ訓練」によって到達する「無」の境地と同じものだ。

どんな夢か。一人の子供が現れ、サンチャゴ少年をエジプトのピラミッドのそばまで連れていき、こう言った。

「あなたがここに来れば、隠された宝物を発見できるよ」

サンチャゴ少年はこの夢を二度見た。

と、ここまでは、普通の人々にもよくあることではないだろうか。夢を見る。またはふとした瞬間になにかが閃く。誰もが経験していることだ。いや、夢とはいわず、「自由のイメージ訓練」の結果、「神の声」を聞いたとしよう。

さてどうする?

夢で見たことや、単なる「閃き」に一々反応したりしない、と大抵の人が答えるだろう。が、それでは普通の人々にとどまってしまうのだ。

行動すること、それが大事なのだ。行動することによってなにかが始まり、なにかが変わる。そして進化があるのだから。

サンチャゴ少年のしたことはたわいのないことではあったが、まずは夢占いの老女に会いにいった。

老女は少年に「その夢はこの世の言葉だよ」と言った。

「おまえはエジプトのピラミッドに行かねばならない。そこでおまえは宝物を見つけてお金持ちになるのさ」

そしてこうも言う。

「夢を解釈してやったんだから、私にはおまえの見つけるものの一部をもらう資格がある」

少年はびっくりし、そして怒る。たかが夢占いになんでそんな金を払う必要があるのか。

だが、その後少年が出会ったメルキゼデック老人も同じようなことを言った。

「その宝物について知りたかったら、羊の十分の一を私によこしなさい」

「見つけた宝物の十分の一でどうでしょうか」

老人は失望して言う。

「まだ手に入れていないものをあげると約束して始めたのでは、おまえはそれを手に入れたいと思わなくなるだろう。人生のすべてには代価が必要だということを学びなさい」

人生のすべてに代価が必要だということはどういうことなのだろうか。

すべてを投げ出せ

「人生のすべてには代価が必要だということについて学びなさい」

と言い、メルキゼデック老人はそのあとにこうつづけた。

「光の戦士が教えていることはそれだからね」

ここで突然「光の戦士」という言葉が出てくるのだが、「光の戦士」とは、「一瞬の光」を見てしまった人間、光の啓示を受けてしまった人間、そしてそのことによって行動を開始してしまった人間であることは、注意深い読者には分かるだろう。しかしそれが本当に意味するところまで理解するのはそう簡単ではない。

人生のすべてに代価が必要だということは、いわば世の常識である。そんなことをなぜここでわざわざ言うのか。その真意を探らなくてはならない。そしてそのあとになぜ「光の戦士」という言葉がくるのか。

作者のパウロ・コエーリョは一九四七年、ブラジルのリオデジャネイロに生まれた。流行歌の作詩家として成功するが、反政府的運動の嫌疑で逮捕され、死ぬほどの拷問を受ける。その後、二年間世界を旅してまわり、霊的な探求に目覚め、オカルトや錬金術、魔法、密儀などについて学んだあげく、一九八一年、スペインのキリスト教神秘主義の秘密結社であるＲＡＭ教団に入団する。

その教団では、各種の昇級試験に合格すると、ついにはマガスという魔法使いになれるのだそうだが、コエーリョはその最後の試験に合格することができなかった。

そこでコエーリョは、一九八六年、スペイン北部を東西に横切る巡礼の道、古来「星の道」という名で知られているサンチャゴ・デ・コンポステーラを歩いた。その体験をもとに書いたのが、彼のデビュー作『星の巡礼』である。様々な神秘的体験にあふれているその内容についてここでは述べないが、人生のすべてに代価が必要であり、それが「光の戦士」の教えることだという意味は、つまり「光の戦士」になろうとするものは試練や苦難を恐れてはならないということである。「光の戦士」になるということは秘密結社に入団することと実は変わらないのだと、特にコエーリョは言いたかったのではないだろうか。秘密結社の参入儀礼を受けるということは暗闇に向かって跳躍することにも似た勇気を必要とする。人生のすべてに代価が必要だという言葉の真意はそういうことだと理解すべきだろう。

サンチャゴ少年は緊張し、動転し、心は上の空になる。メルキゼデック老人の言ったことが正しいと知っていたからだ。

少年は思い悩む。

時にはものごとは、そのまま放っておいたほうがいい場合がある、などと考えたりして。

少年は、エジプトがアフリカにあることを初めて知る。そしてもし羊を一頭売れば、海峡を向こう側へ渡るに足る金を手に入れることができることも知った。十分な羊を飼っている少年はたいそうな金持であるのだ。また、羊飼いという仕事を熟知してもいた。

レバンタールと呼ばれる東風に吹かれつつ、少年は自由について思う。この東風こそ、未知を求め、金や冒険、そしてピラミッドを探しにいった男たちの、汗と夢を運ぶ風だった。

少年は、風の自由さをうらやましく思った。自分も同じ自由を手に入れることができるはずだとも思った。

そしてついに少年は、「自分をしばっているのは自分だけだ」ということに気がつく。羊たちも、商人の娘も、アンダルシアの平原も、彼の運命への道すじにあるステップにすぎないのだと。

サンチャゴ少年は、十六歳まで神学校で学んでいて、羊飼いになって二年。目下十八歳の若者だからこそ「自分をしばっているのは自分だけだ」と気付くことができるのだと言いたいところだが、メルキゼデック老人が言った言葉を忘れまい。「人が運命を実現するについては、その人が誰であれ、何をしていようとかまわない」。「光の戦士」となるについては、年齢、性別、民族、職業、貧富を問わないのだ。

兼好法師『徒然草』にこんな一節がある。

――大事《だいじ》を思ひ立たん人は、去りがたく、心にかゝらん事の本意を遂げずして、さながら捨つべきなり。「しばしこの事はてて」、「同じくは、かの事沙汰しおきて」、「しかしかの事、人の嘲《あざけり》やあらん、行末難なくしたゝめまうけて」、「年来《としごろ》もあればこそあれ、その事待たん、ほどあらじ。物騒がしからぬやうに」など思はんには、え去らぬ事のみいとゞ重なりて、事の尽くる限《かぎり》もなく、思ひ立つ日もあるべからず。おほやう、人を見るに、少し心あるきはは、皆このあらましにてぞ一期《いちご》は過ぐめる。

近き火などに逃ぐる人は、「しばし」とやいふ。身を助けんとすれば、恥をも顧みず、財《たから》をも捨てて逃れ去るぞかし。命は人を待つものかは。無常の来る事は、水火の攻むるよりも速《すみやか》に、逃れがたきを、その時、老いたる親、いときなき子、君の恩、人の情、捨てがたしとて捨てざらんや。（第五十九段）

ここでいう「大事」とは、出家修行して悟りを開くことだが、それを思い立ったら、すぐにも、すべてを捨てさるべきだと言っている。そばで火事が起きたとき、人は誰でも、前後もかえりみず、必死になって逃げるのではないか。「大事」とはそれほどに火急のことであり、それ以上に大事なものはない。

命は短い、急げ！　と兼好法師は言っている。

人生のすべてに代価が必要とはつまり、すべてを投げ出せということだ。これ以上に高い代価があろうか。それをサンチャゴ少年は今、やろうとしている。

光の戦士として

サンチャゴ少年は旅立つ決心をし、翌日、六頭の羊を連れ、メルキゼデック老人に会いにいった。

「おまえの羊の十分の一をわしにおくれ」

と老人に言われていたからだ。ということは、少年は六十頭の羊を飼っていたことになる。残りの羊は友人が全部買ってくれた。一頭の羊を売れば、地中海を越えてアフリカ大陸に渡れるだけの金を手にすることができるというから、サンチャゴ少年は十八歳にしてはけっこうな物持ちということになる。このように物事が順調に進んでいくことを老人は「幸運の原則」と呼んだ。

つまりどんな人であれ、初めて賭け事をした場合はほとんど確実に勝つ。初心者のつき、ビギナーズラックだというわけだ。

その理由は？

「おまえの運命を実現させようという力が働くからだ。成功の美味で、おまえの食欲を刺激するのさ」

霊感力によって目覚めた初心者の無欲にたいして宇宙ないしは神が応援してくれるということだろう。

「宝物はどこにあるのですか？」

「エジプトのピラミッドの近くに」

さて、どうして行ったらいいものだろう。

「宝物を見つけるためには、前兆に従って行かなくてはならない。神様は誰にでも行く道を用意していて下さるものだ。神様がおまえのために残してくれた前兆を、読んでゆくだけでいいのだ」

そしてメルキゼデック老人は、少年に白い石と黒い石を差し出し、

「これを持っていきなさい。黒は『はい』を意味し、白は『いいえ』を意味する。おまえが前兆を読めなくなった時、この石に質問して、答えを得なさい」

こうしてサンチャゴ少年の旅は始まる。

アフリカに渡り、異教徒たちの祈る姿に目をみはる。しかもここではみなアラビア語をしゃべっている。ワインを飲みたくても、酒は禁じられている。

「異国だ」

少年は孤独にさいなまれる。

スペイン語を話す少年が近付いてくる。

うっかり心を許したがために、サンチャゴ少年はこの少年に丸ごと金を盗まれてしまう。旅の第一日目で、無一文になってしまったのだ。

この無一物になるということが重要な要素なのである。前に述べた、すべてを投げうつという行為がこれに当たる。ここから初めて「光の戦士」の戦いは始まるといっていい。兼好法師

も、出家とはそのような大事だと言っている。世の中には、自分の財産は温存しておいて、頭だけ丸めて（中には丸めない人もいる）出家の真似事をする人がいるが、笑止千万と言わねばなるまい。

無一物になって少年は学ぶ。

「僕は他の人と同じなんだ。本当に起こっていることではなく、自分が見たいように世の中を見ていたのだ」と。

少年は、前兆を知ろうとして黒い石と白い石にそれを尋ねようとするのだが、そこでまた学ぶ。

「自分の運命から逃げないためには、すべては自分の意志で決定しなければならない。ここは見知らぬ場所ではない。新しい場所なんだ」と。

そしてまた学ぶ。

「自分は泥棒に遭った哀れな犠牲者ではない。宝物を探し求める冒険家なのだ」と。

だが、そう考えたからといって、お腹がくちくなるものでもない。少年は、タンジェの町の坂の上にあるクリスタルグラス店に住み込みとして働きはじめる。

少年はアラビア語を覚え、商売についてのアイディアを出し、そのどれもが当たって店は繁盛する。

約一年間働き、歩合で給金をもらっていたから、少年は失った金を取り返していた。「エジプトはまだまだ遠い。サハラ砂漠全体を渡らなくてはならない。アンダルシアの草原に戻り、また羊の群れの世話をしよう」

少年は確信をもって自分に言い聞かせるのだが、もはや幸せを感じることはない。そんな夢にはなんの重要さもなかった。つまりそれは本当の夢ではなかったということなのだ。

少年は袋の中の黒い石と白い石を握りしめる。すると、メルキゼデック老人の声が聞こえてくる。

「夢見ることをやめてはいけないよ」

「前兆に従ってゆきなさい」

「おまえが何か欲する時、宇宙全体が協力しておまえを助けてくれるよ」

少年は考える。

アンダルシアの丘はここから二時間しか離れていない。ピラミッドと自分の間にはサハラ砂漠が横たわっている。でもこの状況を別の視点から見ると、自分は、わずか二時間だけだが、確実に宝物の近くにいるのだ。この二時間が実際は一年になってしまったことなど問題ではない。

そしてふたたび少年は旅立つ。

果たしてどんな冒険と試練が待っているか。

錬金術とはなんであり、錬金術師とはどんな人なのか。

サンチャゴ少年はエジプトまでたどり着けるのか。ピラミッドの近くで宝物を見つけることができるのか。

「霊感力」について語るために、ながながと『アルケミスト』について述べてきたが、この先のストーリーはぜひご自身でお読みいただきたい。

あとがき

昨年（二〇一八年）の十月三十一日から十二月十五日まで週に五日間、総計三十一回にわたって読売新聞朝刊紙上で連載された『時代の証言者』のコラムに登場するに当たっては、担当の編集委員の西田浩氏から「訊かれたらイヤだと思われることもどんどん質問しますので、ストレスがたまるかもしれません。それがイヤだと言ってお断りになる方もいらっしゃいますが、なかにしさんは大丈夫ですか？」と念を押された。私は「なんでも訊いてください。この際、自分の人生の総点検もできますので、むしろ厳しい質問を歓迎します。ご遠慮なくどうぞ！」と答えたが内心では多少怯えていた。

取材インタビューは一回三時間から四時間くらい。それが七回あった。これは結構きつかった。相手は新聞記者であり、資料は山ほどある。こちらはほとんどを忘れている。自分に都合の悪い話ほど忘れている。ところがそれらがどんどん目の前に資料とともに現れ、質問が飛んでくる。正直に答えたつもりでも間違っていることがある。するとたちどころに訂正される。

そういうことを繰り返しているうちに、私の記憶の時系列が整理されていく。また自分の人生を客観的に見ている他人の眼というものを明確に意識するようになる。誰もが陥る罠ではあろうが、私も自分の人生を自分にとって都合のよいように修正を加えつつ記憶していたことを思い知らされた。そこでやっと思いついた。これでこそ『時代の証言者』なのだと。この人生初めての経験は実に貴重なものだった。ものを書く人間はみな一度は、こんな厳しいインタビューの洗礼を受けたほうがいいとまで思った。

そういった経緯ののち、私の発言に限りなく近い形で西田氏が記事にしてくださったものが紙上に載った。それを今回は、記事の話し言葉を、そのニュアンスをできるだけ保持しつつ文章言葉に書き替えたのが、「第一章　時代の証言者として」である。ここにあらためて、読売新聞編集委員、西田浩氏に感謝を込めてお詫びとお礼を申し上げます。

「第二章　二十歳のころ」は、二十歳という年齢がいかに人間の成長にとって大切な時期であるか。なんの根拠もないことだが、私は単に詩人の直感としてそう思いつづけてきた。そんな思いを抱えたまま生きていた二十歳のころ。思いだけはただ重く、時の経つのはやたらと速く、しかも為すことはことごとく無駄。そんな毎日。今思えば、二度と帰りたくない青春の一時期のことを深い悔恨とともに書き綴ってみたが、なにか効果的なものが書けたかどうか、私自身には分からない。

第二章に書いた「アルケミスト」は当然、ブラジル人作家パウロ・コエーリョの同名小説についての、不必要なほどに念入りなエッセイであるが、不必要なほどの、つまり細心の注意をはらって一瞬一瞬を生きていないと見逃すような微妙な細部に人生の肝心要《かんじんかなめ》のものは隠されているということを言いたいがためにそうなった。それは目の前にあるのかもしれないし、遥かな遠いところにあるのかもしれない。しかしどんなに努力をしようと、一瞬でもぼんやりしていると見過ごしてしまう。その重大な一瞬は、普通の一瞬のように通り過ぎていく。

しかし、そこに大切なものをちらりと見て、それをつかんだ時、普通の一瞬が重大な一瞬になる。そんなことを繰り返し繰り返し書き続けたらこんなエッセイになってしまった。それは、日々、ものを書きながら、細心の注意をはらいつづけ、閃きをけっして逃すまいとする私の第二の本能になった習性がなさしめたものかもしれない。しかし人生は短く、しかも繁雑である。いったいどのくらいの人が重大な一瞬を摑むことができるだろうか。

ぜひとも、一人でも多くの人がその人にとっての重大な一瞬をつかんで、「魂の錬金術」をかなえてほしい。アルケミストになったかのような勘違いで書いたエッセイである。人は笑うかもしれない。

この本のタイトル『わが人生に悔いなし』はむろん、石原裕次郎さんの人生最後の歌『わがこう言った。

人生に悔いなし』（私作詩、加藤登紀子作曲）から来ている。あの詩を読んで、裕次郎さんは

「なあ、礼ちゃん、人生は現実だと思うから、つらいこともあるし、後悔もするんだよな。最初から夢だと思えばいいいんだよ。夢なら、こんなに楽しい夢なんてめったにあるもんじゃないぜ。なっ、そうだろうよ。礼ちゃん。

『桜の花の下で見る　夢にも似てる人生さ』

俺はここんところの詩が好きなんだよ」

ワイキキの浜辺で遠い海をながめやる裕次郎さんの姿は素敵だったなあ。

二〇一九年四月十六日

なかにし礼

初出

第一章――「読売新聞」二〇一八年十月三十一日～十二月十五日
（「時代の証言者」構成＝西田浩）

第二章――「サンデー毎日」二〇〇七年八月五日号～二〇〇八年二月十日号
（「20歳のころ」）

JASRAC 出 1905579-901

なかにし礼（なかにし　れい）
一九三八年、中国黒竜江省（旧満洲）牡丹江市生まれ。立教大学仏文科卒業。在学中よりシャンソンの訳詩を手がけ、その後、作詩家として活躍。『石狩挽歌』『北酒場』『まつり』など約四〇〇〇曲の作品を世に送り出し、日本レコード大賞、日本作詩大賞ほか多くの音楽賞を受賞する。その後作家活動を開始し、二〇〇〇年『長崎ぶらぶら節』で第一二二回直木賞を受賞。二〇一二年三月、食道がんであることを公表。先進医療である陽子線治療を選択し、がんを克服したものの、二〇一五年三月にがんの再発を明かし、闘病生活に入るが、再び快癒し、現在、より活発な創作活動を再開している。著書に『兄弟』『赤い月』『生きる力　心でがんに克つ』『天皇と日本国憲法　反戦と抵抗のための文化論』『夜の歌』『芸能の不思議な力』『がんに生きる』等多数。

わが人生に悔いなし――時代の証言者として

二〇一九年六月二〇日　初版印刷
二〇一九年六月三〇日　初版発行

著　者　なかにし礼
装　幀　菊地信義
発行者　小野寺優
発行所　株式会社河出書房新社
〒一五一-〇〇五一
東京都渋谷区千駄ヶ谷二-三二-二
電話　〇三-三四〇四-一二〇一（営業）
　　　〇三-三四〇四-八六一一（編集）
http://www.kawade.co.jp/

組　版　KAWADE DTP WORKS
印　刷　株式会社亨有堂印刷所
製　本　小泉製本株式会社

Printed in Japan　ISBN978-4-309-02805-7